〔一〕笑

集韻卷之八

翰林學士兼侍讀學士朝請大夫尚書左司郎中知制誥判秘閣兼判太常禮院群牧使上柱國濟陽郡開國侯食邑二千二百戶賜紫金魚袋臣丁度等奉

敕修定

去聲下

霰第三十二先見切與綫通　綫第三十三私箭切

嘯第三十四先弔切與笑通　〔一〕笑第三十五仙妙切

效第三十六後教切獨用　〔二〕号第三十七後到切獨用

箇第三十八居賀切與過通　過第三十九古卧切

〔三〕道

〔四〕古

〔五〕幼

禡第四十莫駕切獨用　漾第四十一弋亮切與宕通

宕第四十二大浪切　映第四十三於慶切與諍勁通

諍第四十四側迸切　勁第四十五堅正切

徑第四十六吉定切獨用　證第四十七諸應切與嶝通

〔三〕嶝第四十八丁鄧切　宥第四十九尤救切與候幼通

〔四〕候第五十下遘切　〔五〕幼第五十一伊謬切

沁第五十二七鴆切獨用　勘第五十三苦紺切與闞通

闞第五十四苦濫切　豔第五十五以贍切與桥驗通

栝第五十六他念切　驗第五十七魚窆切
陷第五十八呼韽切與鑑梵通　鑑第五十九胡㦽切
梵第六十扶泛切

三十二〇霰霓霹霰先見切說文稷雪也或从見亦作霹霰文十四　先相導前後曰先後　㪚散也　敝廠博雅庵敝舍也或从散　鐫瓦器　汘
洒灑也或作洒　軒轉軒車迹　箾竹名　詵衆致言也　〇蒨芊說文艸盛皃倉甸切或从千文十七　茜蒨艸名說文茅蒐也或作蒨通作蒨芊　綪說文赤繒也以茜染故謂之綪　輤喪車飾鄭康成說通作蒨　䘓褐也一曰美衣　帑博雅幧頭

［一一］敝
［一二］鐫
［一四］或
［一五］也
［一六］染

也　晴白色　倩說文人字東齊壻謂之倩一曰美也一曰無廉隅亦姓　棈木名
裕說文望山谷裕裕青也　阡田陌　鑴瓦器一曰紡甎　篟竹茂皃　淒
淸淒淸疾皃或从倩通作倩　䑶輕舟謂之䑶　箐張竹弓弩曰箐　〇薦
蘪䅐作甸切說文獸之所食艸从廌从廾古者袖人以廌遺黃帝帝曰何食何處曰食薦夏處水澤冬處松栢或从豕从禾薦一曰進也藉也鼠蓬也文四　𥳑楚謂筏上居曰𥳑　〇荐才甸切說文薦蓆也一曰再也通作洊文十一　瀳洊說文水至也或作洊　𧳋薦重也或作薦　栫博雅籬也　珔玉名　袸爾雅衿謂之袸　𨯂說文瓦器　𨶜門次謂之𨶜　存在也　〇殿丁練切軍前曰啓後曰殿文七　唸㕧𣪞欿

［一九］裕裕
［二〇］艸神黍
［二一］杝

[一三]乜

[一四]湎

[一五]霄

[一六]酎

[一七]眗

[一八]鐙

說文吅也引詩民之方唸吚或作㕑殿歔歙通作殿　瘨　病也詩胡寧瘨我以旱沈重讀　[illegible]

博雅擊也　○　瑱[illegible]顛琠[illegible]　他甸切說文[一二]以玉充耳也引詩玉之瑱[一三]兮或从耳从

頁亦作琠[illegible]文十　眣瞋睼　視也或作瞋睼　滇　滇湎[一四]大水　[illegible]　牛食艸　○

電霫[一五]　堂練切說文陰陽激燿古作霫文四十二　殿　說文擊聲也　壂　博雅堂堭

壂也通作殿　奠[illegible]　說文置祭也从酋酋[一六]酒也下其丌也禮有奠祭一曰定也或从广　[illegible]

山名　[illegible]　說文徛也　眗[一七]　地名在絳　甸乘　說文天子五百里地或作乘　[illegible]

文縉　畋　平田也　佃　說文中也引春秋傳乘中佃一轅車　鈿鏌鑭　以寶飾器

或作鏌鑭　琁璧　玉色或从殿　涏　涏涏光澤皃　錠　鐙[一八]有足也　淀　淺泉

集韻去聲八　三

[一九]瀫

[二〇]染

[二一]大

[二二]糸

[二三]屍

[二四]冶

[二五]治

[二七]僆

[二八]鱦

瀫[一九]　說文滓垽也　[illegible]黬　說文[illegible]謂之垽垽滓也或作黬　靛　以藍染[二〇]也　闐

于闐國名在西域通作窴　窴填　塞也或从土　[illegible]　走也　滇　入[二一]水皃　當

墾田皃鄭康成曰當當原隰　槙　木根相迫緻也　訑　慢訑弛縱意　[illegible]　[illegible]艸名

蕪菁也　婝　女字　[illegible]綻　衣坼也或从糸[二二]　[illegible]　木理堅密　[illegible]　呻也　屍[二三]

罰也　瑱　玉名　○　練　郎甸切說文湅繒也亦姓通作湅文二十六　煉　說文[二四]鑠治

金也　鍊　說文治[二五]金也　湅　說文瀾也　漱　說文辟漱鐵[二六]也　浰　倩浰疾也　柬

揀[illegible]　擇也或从手从攴　[illegible]　析木理　[illegible]　博雅陳也一曰蠶簇　瑓　玉名

埬　墟名在博平　倲[二七]　雞未成也　鰊　魚名如鱦[二八]　楝欄　說文木也或作欄

[二九]鵲　[三〇]曰　[三一]乀一　[三二]日乀　[三三]莧　[三四]欧　[三五]韅

瓞天瓜也　蕑艸名爾雅蕑蒬荵　瓣瓜中實通作瓞　[二九]⿺辶⿱虍東光皃　媡女字　曫日旦昏　藺荔馬藺艸名或作荔　閵閵雀鳥名　○晛⿰日然乃見切日光也或从然文七　⿰女然說文人姓也一曰女姿　汈說文水也出上[三一]黨　⿰忄然意難也　姩婞美女或作婞　○見形甸切顯也[三〇]曰朝也文十二　晛說文[三二]見也引詩見晛曰消　現玉光　蜆蟲名縊女也　涀水名出馮翊　達無違也　莧菜名[三三]商陸也　睍目小也　哯⿰口幵嬰孩[三四]歈乳謂之哯或作⿰口幵　梘檢也一曰棺蓋　賢車大穿也周禮五分其轂之長去一以爲賢劉昌宗讀　○⿱顯革[三五]韅馨甸切駕牛具在背曰韅或省文四　灦水澄深也　顯闕人名秦有子顯　○繎

[三六]牽　[三七]樟　[三八]很　[四二]籋翄枝

人見切絲勞也文一　○俔悓輕甸切說文譬諭也一曰聞見引詩俔天之妹或从心文十八　⿱牽手[三六]牽挽也或作牽　涀水名出高陵　汧水潛出爲池爾雅汧出不流　⿱巠黍　⿱臤黍稌也或作⿱臤黍　菣⿱艸堅艸名蒿也或从堅　蜆蟲名縊女也孫炎說　[三七]樟橫木　⿱顯革韅駕牛具或省　⿱臤牛博雅[三八]佷也　[三九]晵霽也　棨戟屬　⿱啟巾幡係於棨者　○見經電切說文視也亦姓文四　鋻說文剛也　梘栓也　⿱臤黍黍屬　○宴伊甸切說文安也[四〇]通作燕文二十二　讌合語也　醼合飲也通作讌　燕咽嚥博雅吞也或从燕[四一]　嬿說文女字也　⿱燕日說文星無雲也　燕鷰說文玄鳥也籋[四二]口布翄枝尾象形或从鳥亦書作鷰　驠說文馬白州也　淮大水

皃
覶 窺也 鶪 鶪屬 瞜瞘瞸 博雅視也或作瞘瞸亦書作瞜 酀 地名
涀 沒水中也 躽 曲身也 晏 日出清明也 曣 博雅曣曣温也 歐 大呼用力也
○硯研硐 倪甸切說文石滑也或作研硐文十 趼 說文獸足企也
覎 行不正 豜 獸名說文獟犬也一曰逐虎犬 豣 麠也爾雅絕有力豣 齞 開口見齒謂之齞
[黑見] 濡墨也 [爿頁] [爿頁][爿頁]狡也 ○縣 熒絹切釋名縣縣也縣於郡也文三十二
澴 聚流也 寰 王者畿内也通作縣 昡 日光 [馬玄] [馬皁] 馬一歲或作[馬皁]
眩 說文目無常主也 眴旬 說文目搖也或省 姰 博雅狂也 迿 先也何休說
炫 明也 袨袀 好衣也或作袀 衒衒眩 說文行且賣也或从

【四二】鶪
【四三】曣　燠
【四四】獟
【四五】齞

玄亦作眩 玹 玉名 頝 顯後 閔 試力錘也从門 贙 獸名似大 駽
馬青驪曰駽 絹 射庚綱紐 絢[糸荀] 采成文也或从荀 泫玄 泫泫混合也或
省通作眩 徇 廣雅迷也 埍 隷居也一曰女牢謂之埍 罥 周也 譞 慧也 衛
車搖也 ○絢[糸荀] 翾縣切文皃說文引詩素以爲絢今一曰成也或从荀通作絃文二十 眴
日搖也或省 旬 敻 營求也 譞 說文流言也 讂 相責也一曰數
也或从彖 拘掏 博雅擊也或从旬 遱 走皃 駨駽 馬青驪謂之駽或作駨
眩 瞑眩劇也 姰 狂也一曰女栟 瞏 瞏瞏目不正 迿 先也 袀 好衣
也 絃 繩也 澴 流皃 ○睊 扃縣切側視皃孟子睊睊胥讒文十五 讂

【四九】玹　【五〇】門　【五一】犬
【五三】浤玄浤眩　【五四】潯
【五五】徇巡
【五六】眴目
【五七】敻　【五八】譞
【五九】袀
【六〇】侚

〔六〇〕醑
〔六一〕眩
〔六二〕枤
〔六五〕辮
〔六七〕趍
〔六八〕辨　回

流言　懁說文急也　衛車搖也　舥盎下竅　酳醑酒也　䌰罥
說文冐也一曰縮也或作罥　獧蹮說文疾跳也一曰急也或从足　衙衜眩〔六一〕行且
賣也或作衜眩　堉隸居也一曰亭部　枤〔六二〕椀也　○餶𩜹䊢絹切飫也賈思勰
曰飽食不餶或从恚文十一　嚪嚪嚪食甘甚也呂氏春秋甘而不嚪〔六四〕　祻袂曲　削
曲刀　睊說文視皃　肙小蟲　檈棗屬　篢竹名　涓涓還流皃　帩
曲裁　○翩〔六五〕徧𨘱辮〔六六〕卑見切說文帀也或从辵〔六七〕亦作𨘱辨文五　顧顧顧狡也从翩
省　○片匹見切說文判木也从半木文七　胼半體也　辨〔六八〕旋流也爾雅過
辨田川　戔狹少之意劉昌宗說　販爾雅大也　辦瓠中實　辦革中絕也

〔六九〕麪　眠末
〔七〇〕眠　〔七一〕眄　〔七二〕恭語
〔七三〕汙血
〔七四〕紑　〔七五〕糗
〔七六〕幀
〔七七〕萹

○麪〔六九〕麵眠見切說文麥末也或从麫〔七〇〕文二十三　櫋楄屋簷或作楄〔七二〕　瞑
瞑眩劇也　瞑〔七〇〕偃息也　眄眄說文目偏〔七三〕合也一曰衺視或作眄　衊汙皿　誏
誘言也　紑〔七四〕細也　丏說文冥合也　沔滇沔大水　䊶〔七五〕米屑　萹萹萹
艸皃　幀〔七六〕覆也　慢慢訑弛縱意　涽惛泯泫涽混合也或作惛亦省　䤠
䤠眩汙血　萹〔七七〕博雅當也　冥冥眴視不見　○綻袨治見切縫解也或从衣文
二　○騚犬縣切馬色爾雅青驪騚謝嶠讀文一　○辮〔七八〕玭眄切急流也文一
三十三　○綫線綖絤䌤私箭切說文縷也古从泉或从延亦作絤䌤文
九　鮮姓也　䍲魚罔也　㦖憐也　㦉褱也一曰婦人脅衣　○篛箭

翦箭子賤切說文矢也隸作箭或作翦翦文二十二　葥艸名說文[三]山苺也　籛姓也　媊女媊太白妻　鬋垂鬢謂之鬋　揃射歛令正也　湔水名在蜀　濺淺水激也或省通作湔　糋煎餌　煎熬也或書作[illegible]　栫木名　餞字林送去食也　搢插[四]也通作晉　戩爾雅履戩福也孫炎說　櫼果名山梅也　[illegible]艸名王蔧也　晉水名　[illegible]艸名　○羨似面切說文貪欲也从次从羑省一曰餘也俗作羨非是文二　[illegible]遮也　○賤才線切[五]說文賈少也亦姓右書作賎文八　諓巧讒謂之諓　餞說文送去也引詩顯父餞之　羨車道　衍說文迹也　俴淺也　濺激也　踐履也　○選撰須絹切擇也或作撰文十三　潠[六]

集韻去聲八　二

[四]插

[五]古

[六]潠

集韻去聲八

飲[七]也一曰九也　選噴也或省　[illegible]羊羔也　[illegible]選[illegible]罔也或从選从足　繏[illegible]博雅縿繏索也或从選　譔善言　渲小水　○縓取絹切說文帛赤黃色一[八]染謂之縓再染謂之䞓三染謂之纁文六　蒝艸木皃一曰艸名　諯相責也　道相顧視而行　[illegible]泉出兩而　爨炊也　○淀[九]漩隨戀切回[一〇]也或从旋文二十五　旋遶也　[illegible][illegible]徐行也或作[illegible]　鏇說文圜鑪也一曰裁木器　縼綻說文以長繩繫牛也或省　嫙美謂之嫙　[illegible][illegible]便旋短小皃或从旋　蔙艸名　[illegible]紿[一一]走意也　[illegible]羊羔也　梋鋗鐶車鐶也或作鋗鐶　圓[一二]規也　檈圜案通作梋　[illegible]手挑物　[illegible]麥也　徇以人從死　[illegible]大也　[illegible]

[七]吮

[八]染

[九]淀　[一〇]回

[一一]始　[一二]圓

【二二】⿱竹扇
【二三】燀
【二七】⿰金單
【二九】作戰

旋鷹犬紲所繫或省　○扇式戰切說文扉也一曰竹曰扇木曰闔一曰動也助也文十二　謆以言惑人　傓煽說文熾盛也引詩豔妻傓方處【二三】或从火　⿰虫扇蟲名說文蠅醜⿰虫扇搖翼也　⿱艹扇鬼⿱艹扇艸名　搧批也　⿱竹扇箑【二二】也通作扇　⿰車扇車扇也　⿰石扇攻玉石　⿰金亶⿰亶刂齊謂相築曰⿰金亶或从刀【二六】　○碾尺戰【二四】切說文以石扞繒也文六　繟緩也　燀難【二五】也方言齊魯曰燀　幝車衣　⿰亶瓦⿰金單【二七】瓦器緣也或作⿰金單　○戰之膳切說文鬭【二八】也一曰懼慄也亦姓一曰以戈擊嚚故从【二九】獸古作⿱止廾文七　顫說文頭不正也　單單至輕發之皃　⿱艹戰艸名　⿰身亶體搖也通作顫　○繕敾時戰切說文補也或从攴文二十三　禪⿰礻亶說文祭天也一曰讓也王矦功不敢當故讓於山或作⿰礻亶

【三〇】僐
【三一】⿰礻亶
【三三】囀
【三四】⿱卜皀

膳饍說文具食也庖人和味必嘉善故从善或从食　僐【三〇】博雅態也　嬗說文緩也一曰傳也　擅說文專也　單單父邑名亦姓　鄯說文鄯善西胡國也　⿰亶瓦⿰金單瓦器緣也或作⿰金單　墠壇除地也或从亶　⿰礻亶【三一】去上服也　樿木名白理　檀閼人名春秋傳有饔人檀　鼉【三二】水蟲莊子鼉鼉魚鼈　儃讓也揚子堯儃舜【三三】通作禪嬗　⿰扌善博雅振⿰扌善展極也　繟緩也　譠欺也　○剸之轉切斷也文二　孨謹也　○釧樞絹切鐶也文十　竁穿地　諯說文數也一曰相讓　揣度也　穿貫也　僢蠻夷臥以足相向也　玔【三四】玉環　⿰目川視專皃　荈艸名　縳雙縳緻繒也紡熟絲爲之　○叀專⿱卜皀⿱山古船釧切小謹皃或作專古作⿱卜皀⿱山古文八　揣

〔二五〕爲　〔二六〕椯

〔二八〕吧巴

〔二九〕⿰亻弄

〔三一〕驙

方言〔二五〕楥高曰〔二六〕椯 揎緛腝 望繩取正周禮置臬以縣是或作緛腝通作叀 ○⿰日耎堧

壖 儒〔二七〕轉切城下田或从土亦作壖文七 緛 織也 ⿰耎隹⿰耎鳥 鳥名博雅⿰耎隹⿰耎隹也或从鳥

媆 好皃 ○軔 如戰切字林礙車木文二 繎 絲勞也 ○篹 數眷切說

文治車軸也文六 孿⿰男男 一乳兩子也或从二男 栓 概也 涮 洗也 柵

籬也 ○籑饌餅 〔二八〕雛戀切說文具食也或从巽从弃文十六 卯 〔三〇〕說文二〔三一〕卪也 譔

專教也 僎⿰亻弄 具〔迆〕或作⿰亻弄 襈 緣也 撰 持也集也 ⿰月巽 切肉和血爲羞

也 孨 謹也〔三一〕 頙 說文選具也 瑍 玉名 鱒 魚名 叀 小謹皃 孨

女 ○驙驙 陟扇切馬卧也或从亶文六 襢展襢 說文丹縠衣字或作展襢

〔三三〕纏　〔三四〕躔　〔三五〕椄

〔三七〕聯

〔三八〕辵

〔三九〕罥

搌 捲也拭也 ○纏〔三三〕 直碾切繞也文六 邅 轉也逐也 廛 民居區域之名

周禮有廛人徐邈讀 諯 數也相讓也 縺 博雅縺縺緩也 躔〔三四〕 跡也 ○⿺廴連

連彥切疰⿺廴連惡疾文六 槤 椄〔三五〕也 僆〔三六〕 僆僆行相及也一曰雞未成曰僆 蓮 蓮勺

縣名在馮翊 連 及也 聯〔三七〕 不絕也 ○輾 女箭切轉輪治穀也文四 碾

碾榐 所以轢物器也或作碾榐 ○囀 株戀切聲轉也文六 轉 說文運也 傳

驛遽也 ⿰言專 等也 嫥 女字 籑 饌饋也 ○猭⿰豕彖 寵戀切走也馬馳曰

獸不得猭或从州文七 䠍逯 行〔迆〕或从〔三八〕辵 鶨 鳥名說文欺老也 豩 羊長

尾 蝝 〔三九〕罥 ○傳 柱戀切釋名傳傳也所以傳示人文八 摶縳繐 束也

周禮百羽爲摶䥘作縳亦省 瑑 說文圭璧上起兆[四一]瑑引周禮瑑圭璧 塚 耕發上[四二] 椽

桶也 槫 木名 ○ 戀䜌[四四] 龍眷切慕也古作䜌文十一 嬔孌 從也或作孌亦

書作嬔 䜌 言不絕亦姓 攣 手足曲病 灓 漏水也 孿 虊 艸名似[四五]皃

葵或从䜌 䜌 熬餌黏也 鱄 闕人名[四六]春秋傳有衞侯弟鱄 ○ 衍 延面切水溢也

一曰大也多也文二十 延 及也 莚䓴 蔓莚也或作䓴 遭[四七] 說文相顧視而行[四八]也

羨 延也餘也 遂 說文遮遂也 綖 冕上覆通作延 嗔 大笑 涎 汚涎

水流皃 㳄 光熾也 狿 蜒 獌狿獸名似貍而長或作蜒 埏 地際也一曰墓

隧 䀽 博雅視也 縒 緩也 漾 水溢[四九]皃 演 淺流 縯 長也 霆

【四一】兆　【四二】土　【四三】椽　【四四】䜌　【四五】似　【四六】戾　【四七】遭　【四八】沔　【四九】益

霆霆雲皃 ○ 譴 詰戰切說文謫問也亦姓文四 遣 祖奠也 麏 鹿有力 韇

韋帶謂之韇 ○ 掾 俞絹切說文緣也一曰官名文十一 緣 說文衣純也 瑑

弓緣也 颯 [五〇]颯颯小風一曰轂再颺曰颯 抁 動也老子揣而抁之[五一] 遭道 相顧

而行也或省亦書作䟾 杭 木名 蝝 蟲名蝗子未翅者一曰蟻屬 殉 以人從[五二]死

潫 衆流皃 ○ 絹縳繐 規掾切說文繒如麥稍或作縳亦省文十 狷 有所

不爲也 鄄甄 說文衛地今齊[五三]陰鄄城或作甄 橍 木名皮葉可作[五四]衣似絹出西域焉者

國 𢐀[五五] 博雅𢐀𢐀辯也 悁 躁急也 覞 視也 ○ 躽 於扇切曲身也文四

䁙 視也 堰 障水也 歐 大呼用力也 ○ 彥[五六] 魚戰切說文美士有文人

【五〇】颯　【五三】濟　【五六】彥

〔五七〕引

〔五八〕裣

〔五九〕柳

〔六〇〕罶

所言也文十二唁娮喭說文弔生也或作娮喭這行也迎也諺彥說文

傳言也古作彥婩博雅好也甗甑也甗甗也爾雅重甗隒郭璞讀讞議罪

也嵃山名○瑗于眷切說文大孔璧人君上除陛以相引〔五七〕爾雅好倍肉謂之瑗肉倍

好謂之璧文十援助也亦姓媛說文美女也人所援也从女从爰爰引也引詩邦之媛兮

褑佩綬〔五八〕也寏院周垣也或作院鍰量名重六兩大半兩轅地名在齊春秋

傳取犁及轅楥木名爾雅楥柜柳〔五九〕一曰籬也篗斷竹也○卷苦倦切祠

也文五桊攘臂繩𨅔罔也𥮃曲竹也𥟍禾相迫〔六〇〕也○眷

睠劵古倦切說文顧也引詩乃眷西顧或从卷亦作劵文三十一䀰說文目圍也

〔六一〕弮

〔六二〕盂

〔六三〕蟦

〔六四〕四

〔六六〕陬

〔六七〕癹

〔六八〕名

卷曲也𢍏癹卷說文摶飯也或从収亦作弮〔六一〕餋𥛠常山謂祭爲餋或从

示𧯷說文豆屬𥁕盂〔六二〕也帣說文囊也今鹽官三斛爲一帣絭攘臂繩

勬勤也捲棬西捲縣名或从木桊說文牛鼻中環也犈爾雅〔六四〕牛黑

腳犈觠羊卷角者蜷蟲名蟦〔六三〕蠸也方言自關而東謂之蜷蠾縳說文鮮色也

婘親也史記呂頍婘屬韏爾雅革中辨謂之韏𩞁饌〔六五〕也埢限曲也櫜

橐也𨸪〔六六〕縣名在安邑菤菤耳艸名𣤶欠也弮連弩也通作桊○券

逵眷切說文勞也一〔六七〕曰止也文二十一癹弆摶飯也或作弆圈〔六八〕也轘車裂

也僎具也籑食也倦惓𠊑㥏說文罷也或作惓𠊑㥏通作券綣

鏼絭屨縫飾或从劵亦省　韏革中辨　禩〔六九〕緣也　蛸蟲名　淃水也　楗馬行疲也周禮終日馳騁左不楗鄭康成讀　圈養獸閑　蔨艸名鹿藿也　○騗匹羨〔七〇〕切躍而乘馬也或書作騙文三　偏不正也　猵猵狙獸名似猨首如犬一曰異類牝牡也　○便毗面切安也字統人有不善更之則安故从更从人文三　楩木名　𤸺骨病風也　○面弥〔七一〕箭切說文顏前也象人面形文四　偭個〔七二〕說文鄉也引少儀〔七三〕尊壺者偭其鼻一曰偝也或作個　䩘馬轡當面皮　○變〔七四〕彰彭彼卷切說文更也古作彰彭俗作變非是文三　○卞皮變切縣名在魯亦姓一曰躁疾也法也文二十五　汳汴說文水受陳留浚儀陰溝至蒙爲雝水東入于泗或从卞　覍㝸弁絣說文冕也周曰覍商曰吁夏曰收〔七五〕从皃籀从廾上皆象形或作弁　頩冠頍〔七六〕皃　拚抃說文〔七七〕拊手也或从卞　洴導水使平　坢平土也或書作坪　閞栟說文門欂櫨也或从木　昪忭說文喜樂皃或作忭　匥笲博雅笥也或从竹　玶玣玉飾〔七八〕也或作〔七九〕忭　茾雀茾艸名　獖犿犬爭謂〔八〇〕之獖或从〔八一〕弁　郱邑名　閞摶也从門　○鈌窺絹切圜〔八二〕髮際結項中所以固冠者文二　頮舉首也一曰弁小而銳　○帴山箭切狹也周禮革自急者先裂則是以博爲帴也文一　○泉疾眷切水原〔八三〕文二　餕食餘也　○恮〔八四〕眷切博雅謹也文一　○縳外〔八五〕絹切繒也文一　○傻〔八六〕虔彥切健傻行相及文一　○恮莊眷切謹也文二　𣪠卜問也　○濳删彥

〔六九〕禩

〔七〇〕羨

〔七一〕彌箭

〔七二〕個

〔七三〕倘

〔七四〕變

〔七五〕絣

〔七六〕傾也

〔七七〕欂

〔七八〕玣

〔七九〕作狮

〔八〇〕摶門

〔八二〕頮

〔八三〕苟

〔八四〕慬

〔八五〕升

〔八六〕傻

〔一〕擊

〔三〕常　〔四〕鉤

〔五〕魡

〔六〕標準

〔七〕本　〔八〕穀

切淚皃文一○篹匆眷切奪取也文二簒小舂

三十四○嘯先弔切說文吹聲也籀通作歗文十䐹䐹脽也或作䐹

⿰米肅糜也歗說文吟也引詩其〔二〕歗也謌⿰足肅行皃撨博雅拭也熽火熾

⿰扌肅擊〔一〕也⿰肅刂割也○弔多嘯切說文問終也古之葬者厚衣之以薪从人持弓會

歐禽文十六⿺辶弔至也通作弔伄伄儅不當〔三〕也釣魡說文鉤〔四〕魚也或作魡〔五〕

訋博雅拏也一曰聲也⿱艸豹博雅狂也一曰小兒疾窵說文窵窅深也蔦

樢艸名寄生也或从木輖車前重也杓物〔六〕之標準倜倜傏癡皃淍

半傷也葯艸名卤艸〔七〕實垂也○糶他弔切說文出穀〔八〕也俗作粜非是文二十

〔九〕穀　〔一〇〕矦

〔一一〕絲

〔一二〕煉

〔一四〕也　〔一五〕糴　〔一六〕莜

〔一七〕穀　〔一八〕盌

〔一九〕商　〔二〇〕養牲也

二朓月側⿰米翟說文〔九〕穀也眺說文目不正也覜說文諸侯〔一〇〕三年大相聘曰

覜覜視也咷楚謂兒泣不止曰噭咷窱窈窱深遠也絩綺絲〔一一〕數也窕

姚輕也春秋傳楚師輕窕或作姚佻方言疾也朓祭肉鋽鐵未〔一二〕煉鐃

鐵有文〔一三〕謂之鐃䠷身長皃⿰兆頁俯首而聽謂之⿰兆頁啁嗻也銚燒器趠

趒超踔越也或从兆亦作超踔○調徒弔切賦也試也文二十八掉

挑說文搖也引春秋傳尾大不掉或从兆嬥〔一四〕直好皃⿰米翟〔一五〕姓也晉有⿰米翟茷〔一六〕⿰米翟

〔一七〕穀也銚鑃鑵燒器或作鑃鑵莜蓧⿷匚攸⿷匚條⿱攸皿〔一八〕說文艸田器引論語以杖〔二〇〕荷莜或从條亦作⿷匚攸⿷匚條⿱攸皿

藋⿱艹⿰米翟⿱艹⿰禾翟說文堇〔一九〕艸也一曰拜養商藋或从米从禾滌性

〔二一〕煉　〔二三〕犢　〔二二〕糸
〔二五〕美　〔二六〕尥　〔二七〕往
〔二九〕枓　〔三〇〕鼽
〔三一〕尿

窒 鋽 鐵未煉〔二一〕 蜩綢 蜩螇〔二二〕龍首動皃張掉說或从糸〔二三〕 踔 遠騰皃史記逴東踔遠司馬正讀 窱 說文杳窱也 啁 嘐也通作調 裯 動搖皃漢書天地裯薂 嬥 牛羊死也 跳 行皃 踔 踔蹺高危也 ○嫽 力弔切好也方言青徐之間曰嫽文二十二 璙 玉名 顤 顤顠長頭 嘹 鳴也 轑 車輪 料〔二四〕 量也 鐐 字林美金〔二五〕 尥〔二六〕 說文行脛相交也 獠 敗也 廖 姓也 𨗴 往〔二七〕也 ⿱罒尞 魚罟通作撩 蟉繆 蜩蟉龍首動皃或作繆 熮〔二八〕 火皃 髎 馬尻骨謂之〔二九〕八髎 聊 木〔三〇〕名爾雅抖者聊 撈撩 方言取也或作撩 鄝 鄝鼽鼻仰皃 ⿰衤刁 翏 高飛皃 ○尿〔三一〕尿溺 奴弔切說文人小便也从尾水或省亦作溺文

〔三二〕歗　〔三三〕皃
〔三四〕撽　〔三五〕軌　〔三六〕讀
〔三七〕嘂
〔三八〕歌

四 鬤 柔長也 ○歗〔三二〕 馨叫切悲意文四 娎 娎嬈〔三三〕喜也 嬈 不仁也 顤 大頭皃 ○竅 詰弔切說文空也文九 趬 行輕皃 撽 說文旁擊也或作撽〔三四〕書 激 風聲莊子激者謞者李軌說〔三五〕〔三六〕 ⿱雨敫 博雅骹⿱雨敫骨也 鼽 仰鼻 ⿰鬲九 高也 躈 馬八髎也史記馬蹄躈千 噭 口也漢書馬蹄噭千 ○叫嘄嘂 吉弔切說文嘑也或作嘄嘂〔三七〕通作嘂文二十一 窔 窔篠深遠也 袑 袑⿰衤刁小袴 ⿰車堯 車轄 嘂〔三七〕 說文高聲也一曰大呼也引春秋傳魯昭公嘂然而哭 噭 說文吼也一曰呼也 譥 說文痛呼也一曰訏也 訆 說文大呼也引春秋傳或訆于宋太廟 敫〔三八〕 說文所歌也 徼邀 循也一曰境也或从走 儌 行縢 激 湍流皃 獥 獸名爾雅狼其

〔三九〕宧
〔四〇〕嗅
〔四二〕墝
〔四四〕癡
〔四五〕狂

子儌一曰牝狼　鷩鳥名似鳥　繳糾戾也劉向曰紛繳爭言　嬓敫闕人名史記齊
有太史嬓或省　皎明也　○窔穾突窔窈一叫切說文窅窔深也一曰室
中東南隅謂之窔或作窔穾窔窈文十二　窅冥也　宧〔三九〕戶樞聲也　帘幕也　宎
窔聲莊子宎者咬者　轑車轄〔四一〕也　窅窵窅深也　嘄〔四〇〕叫也　○顤倪弔切說文高
長頭文十二　嘄叫也　鼽仰鼻也　澆闕人名寒浞子　轑博雅轄也　嶢
嶅山皃或从敫〔四三〕　獟獸名說文狾犬也　垚高皃也　剌削也　墝〔四二〕踔跳
高危也　僥〔四四〕僴僥瘹皃　○顤戶弔切長項皃文一　○獟火弔切狂〔四五〕也文一
三十五　○笑咲关仙妙切喜也古作咲或省俗作咲非是文十一　肖

〔二〕宵
〔三〕潲潲峻
〔三〕箾
〔四〕縛
〔五〕筋
〔七〕傻
〔八〕醮憔
〔九〕歔

俏霄〔二〕說文骨肉相似也不似其先故曰不肖或从人亦作霄　鞘鞘削鞁刀室
或从革从刀从皮　鮹煎鹽也　○陗峭七肖切說文陵也或从山〔三〕文十八　硝
石堅皃　悄急也　潲〔三〕潲浚波也或作潲　簌吹竹〔三〕也　哨口不正也　[illegible]
行皃　俏好皃也　帩縛〔四〕也　踃足筋〔五〕急病　削削格所以施羅網也　訬輕
江東語　蛸立皃　傈僥傈長皃　黚黚黵面黚　偢傻〔七〕偢不仁　○醮〔八〕
䄬子肖切說文冠娶禮祭或从示文二十四　釂歗說文飲酒盡也或作歔〔九〕　歗
說文盡酒也　潐說文盡也　癄病也縮也　皭博雅皭白也　燋灼龜炬也
醮面不澤也　瞧瞋目也一曰目冥　僬行皃禮庶人僬僬　趭〔十〕博雅犇也

〔一一〕犧　〔一二〕才　〔一三〕誚　〔一四〕爇　〔一六〕垂陛　〔一七〕讀

爝說文苣火祓也呂不韋曰湯得伊尹爝以爟火釁以犧〔一一〕豭　椒芬香也詩有椒其馨徐邈說　灂車轅漆也　噍嚼釂也或作嚼　穛物縮而小謂之穛　嚼人關名梁有虞嚼　𠑀性急也　䪒收束物也　爝冰裂也　勦勞也○醮

釂子〔一二〕笑切說文釂也或从爵文八　哨說文不容也　譙誚說文嬈譊也引周書亦未敢譙〔一三〕公古作誚　趭走也　劁刈也　撨拭也○少失照切幼也亦姓文四　燒熱〔一四〕也　𨚍地名在魯　鯋〔一五〕魚名○照炤昭曌之笑切說文明也或从火亦省唐武后作曌文十　詔說文告也　睼佋說文耕以臿〔一六〕浚出下壚土也一曰耕休田也一曰睼也或省　沼池也　卲卜也　勺詩頌篇〔一七〕名劉昌宗○邵

〔二〇〕袂　〔二一〕貪　〔二二〕𥛚　〔二三〕祡　〔二四〕繚　〔二五〕纅　〔二六〕𥿮　〔二七〕鳭

召時照切說文晉邑也〔一八〕或省亦姓文八　卲博雅卜〔一九〕也　劭說文勉也　卲說文高也　𥐓到懸鉤也　䬰小食　𧠑小見也○饒人要切益也文八　繞撓纏也史記苛察繳繞或作撓　襓袂〔二〇〕襓劍衣　蕘艸既芟曰蕘　顤𩕻顤頭長　穘禾皃　蟯蟲動皃○召直〔二一〕笑切說文評也文一○朓丑照切祭也从肉〔二二〕三　朓晦而月見西方　哨口不正○尞〔二三〕燎𥛚〔二四〕力照切說文柴祭天也从火从昚昚古慎字祭天所以慎也或从火亦作𥛚文十二　𤏶〔二五〕膫說文炙也或从肉〔二六〕俗作爒非是　𤻲療樂說文治也或从尞亦省　繚繞也　𡑃周垣　獠說文獵也　鷯鳭〔二七〕鷯鳥名巧婦也○燿弋笑切說文照也文三十三　曜白色

【三八】䉴薄　【三九】蓾　【四〇】穴　【四四】瘠　【四五】鷮

曜燿昊光也或从光古作昊覞䚻說文竝視也或作䚻覦睔曜說文
視誤也或作睔曜論謹也淪水清也踰博雅跳也【三六】摇動也偬
說文行不正也一曰腫也趯【三七】走也歔遺玉也䉴【三八】爾雅屋上簿謂之䉴艞
䑬大舟或作艞蓾【三九】藥艸莬絲也一曰玉女窯、【四〇】穴鴢說文鷕鳥也
飆風高皃抭抒臼也褕爾雅【四一】祭也蘨銚蘨芅艸名羊桃也或省
愮方言愮療治也一曰憂也姚佻剽姚勁疾皃故漢以名兵官或从人通作鷂臛【四三】
【四四】瘠也鷮【四五】鳥名負雀也○趬丘召切行輕皃一曰舉足高文九嶠口不正
𩫱𩫱㲊不安也𢊁高屋譑弄言獟勇也漢書誅獟悍顏師古讀通作趬

【三六】㝠　【三七】褄　【三八】眇　【四〇】皃　【四二】蔈　【四三】剽

顤舉首𪖐鼻仰也嶢高也○䙅初要切鳥尾舉也文一○要
𦥷㝠【三六】一笑切約也或作𦥷古作㝠文十葽艸名褄【三七】衣褄約契也幼
幼【三八】眇精微也紗急【三九】戾也紗伭小皃【四〇】一曰熎爐也黝黑也一曰用黑塗地○
嶠渠廟切山銳而高也一曰石絕水一曰山徑文八撟舉也轎博雅軺也一曰
小車鐈鼎名橋牛貫鼻木一曰桔槔也鱎獸長角敿盾謂之敿喬
木枝上曲○驕嬌廟切驕驁馬行皃文四撟撟抄略取也𩫱𩫱㲊不安也
轎牛車【四一】一曰竹輿○㲊牛召切𩫱㲊不安也文三驁驕驁馬行皃鏊
燒器○勡剽匹妙切說文劫也或从寸文二十六蔈【四二】艸黃華剽說【四三】文砭刺

〔四四〕瞟　〔四五〕裁　〔四七〕驃　又馬行疾皃或作𩦺　〔四八〕摽　〔四九〕⿱覀大　〔五〇〕紗　〔五一〕微

也一曰剽劫人僄嫖說文輕也或从女慓疾也瞟〔四四〕行聽〔四五〕皃一曰聽纔聞翲飛皃飃颻風皃或从廱瞟暴也漂浮也摽擊也彯畫飾也

⿰⻊票〔四六〕行輕也爂輕脆也瘭瘭疽病瘍膿潰也通作漂潎博雅清也縹帛青白色篻竹名出九眞〔四七〕顠⿱髟票髮白皃或作⿱髟票髟長髮嘌車行疾無節

瞟矖也○驃毗召切說文黃馬發白色一曰白髦尾〔四九〕文十二標〔四八〕落也摽擊也嫖僄輕也或从人驃馬行疾皃票勁疾皃漢官有票鷂校尉剽〔五〇〕刺也

慓疾也勇悍也瀌〔五一〕雨雪皃瞟行聽也勡劫也○妙紗弥笑切精微也或从幺文六⿱艹眇艸細曰⿱艹眇篎爾雅管小者謂之篎眇

〔五二〕裱　〔五三〕祖　〔五六〕橋　〔五七〕抽　〔五八〕並　〔一〕力　〔二〕學

成也易眇萬物而爲言王肅說一曰眇然微細皃瞟白色○裱〔五二〕彼廟切領巾謂之〔五三〕裱

文俵摽分與也或从手○廟庿眉召切說文尊先祖〔五五〕皃也古作庿〔五七〕文三⿰巾皃幗〔五四〕也○捎梢嶠切〔五六〕橋捎略取上物也文二郮地名○超拈廟切踰也文二

眺望也一曰視不正○⿸虍票〔五八〕虛廟切健也剽⿸虍票強死輕爲害之鬼淮南子說文一○覞昌召切普〔六〇〕視皃文一○標卑妙切木杪也莊子上如標枝文五褾博雅袂也

驃馬黃色蔈穀黃華者一曰禾末瀌瀌瀌雨雪皃

三十六○效傚効爻斆後教切說文象也一曰功也或从人从力〔一〕亦作爻斆通作詨文二十斆學〔二〕教也或省恔㤊方言快也或从爻藃艸根⿱艹斆

〔三〕淫

〔四〕郊　〔六〕凡

〔五〕鳥

竹萌嚳說文闕博雅誤也骹脛下也佼庸人之敏謂之佼姣
迆溪也洨水名出井陘山東南至廮陶入泜㺄㺄㺄犬吠盪器名鍋鏑也詨
叫也校教學之宮一曰械也一曰木爲欄格軍部及養馬用之故軍尉馬官皆以校爲名○
孝許教切說文善事父母者从老省从子子承老也文九哮〔三〕呼也嗃譊詨
大嘷也或作譊詨涍水名在河南丶鷮獸名解鷹屬或書作鵓⿰豕孝⿰犭孝豕走
皃或从犬○敲口教切擊也方言楚人〔六〕揮棄物謂之敲文十五墽墝土不平或作墝
礉磽礉石不平或作磽礉巧㤍僞也或从心骹脛近足坑
厓外茭方言茭媞欺謾也撽擊也頝不媚⿰目堯深目皃毃擊頭

〔十三〕窒　〔十四〕襪

〔八〕灼

〔十二〕袎

也○教〔七〕䜴斅學居效切說文上所施下所效也古作䜴斅或作學文二十六斈
效也覺寤也校說文木囚也悎驚也較較直也一曰不等或从交
斠平斗斛也窖窌說文地藏也或作窌膠黏也珓杯珓巫以占吉凶器
者酵酒滓佼博雅交也鷮獸名說文解鷹屬稾枯禾〔八〕挍報也
漖水也詨呼也絞繒黑黃色一曰縊也敎交炊木餃飴也鉸
交刀一曰以金飾器○靿〔九〕於教切曲也俗謂靴鞾曰靿文十九皃曉深目或从堯
〔十〕呦叫也岰山曲⿰石幼石不平皃坳〔十一〕窐柪木丩屈袎〔十二〕幼
〔十三〕襪頭或省⿰糹頁頭不隨也⿰亻幼拗很戾也或作拗詏言逆也箹管小者謂

〔一三〕也　〔一四〕豹　〔一五〕爆　〔一七〕供　〔一八〕儤　〔一九〕礟　〔二〇〕抛　〔二一〕[illegible]泰

之笏一曰竹節　盌　器中不平　㤊　心戾　軪　車〔一三〕機也　約　束也屈也　○樂　魚敎切欲也文八　獟　狂犬　𩲃　醜也　磽　墩磽石不平皃　墝　墩墝土不平皃　⿱髟敫　⿱髟敫⿱髟敫髫高　烄　煎也　磝　山高皃　○豹〔一四〕　巴校切獸名說文似虎圜文〔一六〕文十　⿰鼠勺　鼠〔一七〕屬　⿰口豹　誇也　犦　牛名出合浦　爆〔一五〕　火裂　儤　越也漢制新到官府併上者謂之儤今俗謂程外課作者爲〔一八〕儤工一　⿰言暴　謈　⿰言暴譟惡怒也或作謈　趵　跳躍也　⿰口㐱　⿰口㐱⿰口㐱聲也　○奅　披敎切說文大也文二十　窌　說文窖也一曰南窌地名　噭　大聲　通作炮　灼也齊民要術有胡炮肉　皰　胞　⿰月奅　面生气或作胞⿰月奅　礮　砲　礟〔一九〕　機石也或从包从豹　抛〔二〇〕　擲也　⿰桼包〔二一〕　說文桼垸已〔二二〕復桼之　嚗　嚗然

〔二三〕襪　〔二四〕皃　〔二五〕皮　〔二六〕搔　〔二七〕襟　〔二八〕卵　〔二九〕皃　〔三〇〕絲　〔三一〕車　〔三二〕也　〔三三〕⿰女卯　〔三四〕穮　〔三五〕藐

聲也　軳　飛石車　疱　腫病　麭　餌也　⿰氵麭　漬也　裦　裦襪〔二三〕衣緩皃　穮　穮猫禾虛皃　⿰皮勺　起也　○皰　靤　⿰龜包　疱　皮敎切說文面生气也或从面亦作⿰龜包疱文十六　颮　風皃　皷　手擊也　⿰目包　目怒也〔二四〕　鞄　柔支〔二五〕工　鉋　治木器一曰搔〔二六〕馬具　骲　骨鏃謂之骲　⿰衤勺　衣襟〔二七〕　勽　鳴伏卵〔二八〕　⿱髟勺　多須也〔二九〕　咆　獸呼　泡　水泉　䤖　酒之色　○皃　䫉　貌　眉敎切說文頌儀也从人白象人面形或从頁豹省籀作貌通作緢文十六　⿰氵皃　大水皃　描　擲也　緢　旄緢〔三〇〕　䫉〔三二〕〔三三〕　帛雜文　帽　幗〔三四〕　⿰車皃　博雅引車〔三一〕也一曰車鉤心　媌　⿰亻苗　博雅好皃或作⿰亻苗　⿰女卯　博雅夊也　猫　穮猫禾虛皃　飽　⿰夊皃　飽懣也或从夊　藐〔三五〕　艸名可染紫　○稍

〔三六〕鄁　〔三八〕匕　〔三九〕網　〔四一〕穴

所敎切說文出物有漸也文二十一 㮰梢 剡木殺上也或省 稍 稷種 髾 髮皃

鄁削 說〔三六〕文國甸大夫稍稍所食邑引周禮任削地在天子三百里之內亦作削通作稍 艄

舟名 娋 博雅侵也謂爲人所侵侮 捎 支〔三七〕也 𢱉 人臂皃 觘犆 角銳上或

从牛 颵 風聲 睄 小視 潲 水激也一曰汛潘以食豕 𦛗𦢈燿哨 凡物

之殺銳曰𦛗或作𦢈燿哨 𦶝 熾火急然謂之𦶝 ○抄鈔勦剿 楚敎切略取也

或从金亦作勦剿文十五 𦨖 舟不寧謂之𦨖 譟 代說也 䋕 細絺 耖 覆耕

曰耖 觘 角上〔三九〕皃 罺 小〔四〇〕網 訬吵 輕也或从口 杪 木末 鍫 〔四一〕鏊也

仯 小皃 ○抓 阻敎切搔也文六 癄 縮也 笊 笊籬漉〔四二〕器一曰鳥居穴曰

〔四三〕醮　〔四四〕教　〔四六〕得　〔四七〕乜　〔四八〕稕　〔四九〕敎　〔五〇〕挑　〔五一〕敎

〔四二〕剌　〔四五〕棧

笊樹曰巢 醮 酌〔四三〕而無酬酢儀禮士冠〔四四〕醮用酒劉昌宗說 抓 〔四五〕木剌 爪 覆手取物一曰

抓也 ○巢 仕落切棧〔四五〕也文三 𠹗 衆聲 僺 長皃 ○罩篧 陟敎切說

文捕魚器或从竹文十五 踔 說文踶也 𦌾䍗 說文覆鳥令不〔四六〕飛走也或作䍗 鵫

鳥名白雉也 箹 爾〔四七〕雅大馬 趠 行不正也 卓 卓鶩行不平也向秀說 逴

獸名 菿 艸名 犛 〔四七〕特止也一曰冒也 𣈮剦 覆具或从到 啅 啅啅鳥聲

○趠踔 敕〔四八〕此切超也或从彳文六 𤛑 〔四九〕以角挑物 踔 說文踶也 逴 蹇也

䮓 馬馳也 ○櫂棹𦩍 直〔五〇〕此切行舟也或作棹𦩍通作濯文八 𣟴 燔木

餘 𦶝燿 爨急也或作燿 淖 和也儀禮普淖謂黍稷也德能大和乃有黍稷 濯

【五三】奴教　【五四】𠆪　【一】教　【二】釜　【三】者　【五】受　【六】稵

博雅消【五二】濯滑也○橈女教【五三】切說文曲木文十一撓鐃擾也屈也或作鐃淖說文泥也一曰和也鬧𠆪【五四】擾也或作𠆪婥說文女病也掉聲甄動也鄭康成曰鍾微薄則聲掉一曰正也春秋傳掉鞅而還徐邈讀嬈博雅弱也⿱髟堯多須皃澆滿也一曰水回波

三十七○号後到切說文痛聲也文十五號【一】此令也一曰名稱⿰犭号犬聲⿰言皐⿰言皐讀相欺也⿸虍盧⿱號土說文土鍪【二】也或作⿱號土⿰王號說文石【三】之似玉皐譹呼也周禮令皐舞劉昌宗說或作譹呺風聲暭【四】旰也⿰女皐女名哠多言受【五】姓也稽𥡴【六】而止一曰木名○秏虛到切說文稻屬伊尹曰飯之美者

【七】秏　【八】舭　【九】古　【一〇】吴　【一二】贅　【一三】也　【一四】脚　【一五】箸横　【一六】練

玄山之禾南海之秏【七】一曰減也文十一⿰毛毛⿰女毛虛厲或从女託信也好舭【八】愛也古作【一〇】舭通作⿰丑攵⿱艹好艸名⿰丑攵⿰丑子說文人姓也【九】引商書無有作⿰丑攵或从子⿱艹秏吴俗以艸木葉糞田曰⿱艹秏鄗邑名在趙○鎬犒槀【一一】⿰月高口到切餉也或作犒槀⿰月高通作槁文十四熇焅煏也或从告薧⿱高死枯也或省靠搞說文相違也或从手【一四】⿰高頁⿰高頁贅【一二】大頭⿰虫告蟲名蝎也槁木枯⿰足高踶【一三】不前○誥⿱告廾⿰𠯑攵居号切說文告也古作⿱告廾⿰𠯑攵文二十告說文牛觸人角著橫木【一五】所以告人也从口从牛引易僮牛之告郜說文周文王子【一七】所封國亦姓峼說文山皃一曰山名縞白縑也一曰帛【一六】湅研者曰縞武玄之說膏潤也詩陰雨膏之高度高曰高烄交木

[一八]祰　[二三]古　[二四]熱　[二五]鮹　[二六]浂

然也稾散也儀禮稾車鄭康成讀槀攴也浩[二〇]水名在金城郡槁木名大苦

也祰報[一九]祭謂之祰篙槁進舟具或从木悎煩也𡜃女名纙

色青黃謂之纙○奧[二一]𡩋於到切說文宛也室之西南隅或作𡩋文二十一墺垗[二二]

垗四[二三]方土可居石作垗垗隩說文[二五]水隈崖也澳深也一曰水名𤺊痛也

薁艸名燠說文熱[二四]在中也懊爾雅忨也一曰頑也𧭈告也𡡉妬也

𦡶鳥胃也䭴妬食抰量也镺長皃芺菜名味苦鱜魚名

博雅鱐[二五]鮹鰝也噢叫也浂[二六]漑也○傲慠敖嫐魚到切說文倨也或从心

亦作敖古作嫐亦書作嫯通作鷔文十八嫯說文侮易也或書作嫐奡說文嫚也引虞

[二八]贅　[二九]鶩　[三〇]叚　[三三]曓奉　[三四]日　[三五]虣　[三五]文　[三七]瀑霣　[三八]瀑　[三九]卯　[四〇]袍褱

書若丹朱奡論語奡盪舟嶅山高皃謷志遠也贅說文贅顤高也或書作顤[二八]

鏊燒器驁說文駿馬以壬申日死乘馬忌之一曰驕驁馬怒通作鷔鷔鶩[二九]夏

樂章名或从鳥澆[三〇]閼人名寒浞子嶅動搖皃漢書天地稠嶅撽動也蔜[三一]

艸名鼇鼇耴魚鳥狀○報博[三二]号切說文當罪人也从卒从艮服罪也一曰荅也告也

文二保任也○曓暴虣暴薄報切說文晞也或作暴古作曓暴俗作曝非是文

十七曓[三三]說文[三四]疾有所趣也从日出夲廾[三五]之䠇行皃虣虣[三五]強侵也周官有司虣

或从戈廾通作暴瀑[三六]說[三七]之疾雨也一曰沫也一曰暴霣也引詩終風且瀑[三八]亦水名菢

勹鳥伏卯[三九]或作勹鸔水鳥䤖一宿酒也袍[四〇]褱褒衣前襟一曰褱也或

【四二】水漲 【四三】圖 【四四】瑁

【四五】𦒿

【四六】䁋

【四七】剌 【四八】長

【五〇】北烏

【五一】鶡

【五二】毷

从㒵从麃亦書作㒵 曝 曝喿多聲 ○冃𧜀帽 莫報切說文小兒蠻夷頭衣也从[四四]冂
二其飾也或作𧜀亦从巾文三十三 渭 水[四二]漲 冒圖[四三] 說文蒙而前也古作圖 瑁
珇 說文諸侯執圭朝天子天子執玉以冒之似犂冠引周禮天子執瑁四寸古省 㨶𣪍
抵也或从攴 𦒿耄薹[四五] 說文年九十曰𦒿或作耄古作薹通作旄 眊毣 說文
目少精也或作毣 䁋[四六] 俯目細視謂之䁋通作冒 媢 說文夫妬婦也[四八]一曰相視 紌
繒帛[四七]有毛刺者 旄 毛[四九]氂畏也 毛托 擇也鄭康成說或从手通作芼 𪀦𣭉
輕毛或从隹 鶡 山海經[五〇]囂山有鳥獸如馬人面名曰鶩鶡[五一] 芼秏 說文艸覆蔓引詩左
右芼之或从禾 萺 說文艸也 艒 舟名 𣖰 說文門樞之橫梁 毷[五二] 博雅解也

【五三】貪 【五四】覓 【五五】𡂂

【五六】瘙 【五七】蹽

【五八】搔 攫搔搏搔

【五九】就

【六〇】貪

【六二】鑿

秏 秏亂不明 㥙 貪[五三]也 覒 觸[五四]也 ○喿噪𡂂[五五] 先到切說文鳥羣鳴也从
品在木上或从口亦作𡂂文二十二 燥 說文乾也 譟 說文擾也 𪆣 [illegible][五七]急也 颾
風聲 懆 性疏也 𤺺瘙[五六] 博雅疥瘙創也或从蚤 [五八]慅 快也 躁𢓜 跳也
或从彳 埽掃騷 拚除也或作掃騷 𨦔 碎鐵 搔搔 攫搔搏也或作搔
𣯴 毛皃 懆 貪[五九]也 鐰 金鐵大剛曰鐰 ○操 七到切持念也文十一 造
艁 說文就也譚長說造[六〇]上士也古从舟 慥 慥慥言行相顧皃 糙[illegible] 米未舂或
作[illegible] 懆 貪[六一]也不安也 郻 地名在鄭春秋傳鄭伯卒於郻 鼜 行夜戒守禮夜三鼜
杜子春讀 鑿[六二] 穴也 慅 愁也 ○竈竃窖 則到切說文炊竈也或不省亦作窖

〔六三〕轂　〔六四〕鏊

〔六六〕求

〔六八〕衜

〔六九〕翳羽

文六 趮躁 說文疾也或作躁 造 灼龜燒荊處史記卜先以造 ○ 漕 在到切說文水轉轂也一曰人之所乘及船也文五 嘈䜊 喧也或从言 槽 攪也 〔六四〕鏊 穿空也 ○ 到 刀号切說文至也文十一 倒 顛倒也 禱禂 求福曰禱古从𠷎 受 姓也出河内 〔六五〕劉 〔六六〕說文艸木倒 劉 大也〔六七〕 ⿰衣壽 中縫謂之⿰衣壽 裯 ⿰馬壽 ⿰馬𠷎 爲牲馬祭永肥大或作⿰馬壽亦从𠷎 ○ 韜 叨号切臂衣文三 套 地曲 後唐與梁人戰于胡盧套 謟 疑也 ○ 導道衜 大到切說〔六八〕文導引也或作道衜文三 十七 ⿰米壽 黏也 翳翿 說文翳〔六九〕也所以舞也引詩左執翳或作翿通作纛翢 儔 隱也 纛翢 左纛也以旄牛尾爲之在左騑馬首蔡邕說或作翢 ⿰衣壽 衣背縫 燾 濤

集韻卷八　去聲下

二二一

集韻校本

二二二

〔七〇〕燾

〔七二〕駣

〔七三〕檮

〔七四〕討

〔七五〕欽

幬 說文溥覆照也或作濤幬 幬敦 覆也或作〔七〇〕敦通作燾 ⿰糸翟 色青黃謂之⿰糸翟 盜 說文私利物也从次次欲皿者 悼 說文懼也陳楚謂懼〔七二〕曰悼一曰傷也 ⿰老攵 耄 博雅老也 一曰七十〔七一〕曰⿰老攵或作譥〔七三〕 佻 傲也 ⿱髟兆 長也 駣 馬三歲名 蹈 行皃 陶 陶陶驅駣皃 檮 ⿰片壽 博雅棺也或从片 璹 玉名 ⿰身壽 ⿰身卓 ⿰身壽身長或从卓 ⿰木道 木名或書作⿱道禾 ⿰壽攴 ⿰𠷎攴 弃也詐〔七四〕也或从𠷎 醻 美酒名 ⿱道禾 說文禾也 司馬相如曰⿱道禾一莖六穗一說以粟爲米曰⿱道禾漢有⿱道禾官故相如曰⿱道禾六穗之禾犧共觝之獸直以⿱道禾爲禾者誤 受 姓也 劉 大也 ○ 勞 郎到切慰也文〔七五〕二十五 撈撩 取物也或作撩 ⿱艹撩 乾梅 癆 說文朝鮮謂藥毒曰癆一曰痛也 嫪 說文婟也亦姓 鄝

〔一七六〕美 〔一七七〕橑 椽 〔一七八〕窌

〔一八一〕覶 寬

〔一八三〕轉

〔二〕竹

黃色 髝 髝髞急也 鐒 臬大者曰鐒 潦 積水也〔一七九〕 謗 聲多 鐐 白金之美〔一七六〕者 橑〔一七七〕 蓋弓也一曰揚也 窌〔一七八〕 石窌地名 傍 伴也 嫪 嫪也 磱 谷空皃 簩 竹名 澇〔一八〇〕 水名出扶風鄠縣北入渭 覶〔一八一〕 覓也 憦 懊憦悔也 躼〔一八二〕 躼轉〔一八三〕身長 轑 車軸 橯耮 摩田器或从耒〔一八四〕 ○臑 乃到切說文羊豕臂也文三 䠷 長皃 腦 漫澤也 ○犥〔一八五〕 巨到切牛名文五 橐櫜 囊張大皃或从缶 毤〔一八六〕 輕也 膿 腫皃 ○趮 色到切矢傍掉也周禮羽殺則趮文一 ○櫭 巨到切廣雅鋯也文一

三十八○箇 个 介 居賀切說文竹〔二〕枚也或作个介通作個文五 個

〔三〕貢

〔四〕丿

〔五〕轗

〔七〕袔

〔一〇〕蘇

〔一三〕樝 栻

偏也 吤 聲也 ○呵 許箇切噓氣也一曰貢〔三〕也文七 訶 譏訶怒皃 訶 嗬 菜名或从呵 歌 大笑 呼 發聲也春秋傳呼役〔四〕夫 蔄 蔓蔄艸名 ○坷 口箇切坎坷不平皃文八 軻 接軸也一曰轗〔五〕軻不得志 艘〔六〕 䑭 船著沙不行也或作䑭 㪃 博雅擊也 蚵 商蚵蟲名 齖 齖䶩齒皃 袔 夾衣 ○賀 何佐切說文以禮相奉慶也亦姓文七 袔〔八〕 𧞔 博雅〔七〕裲袖也或从賀 瀃 水名 訶 祭名 謯 麐語 侉 痛呼也 ○侉 安賀切痛呼也文二 啊〔一〇〕 愛惡聲也 ○餓 牛箇切說文飢也文二 䶩 齖䶩齒皃 ○些〔九〕 呰 四箇切說文語辭也見楚辭或从口文二 ○磋〔一二〕 千个切磨治也文五 蹉 足跌 䛽 言失也 槎 斫也 搓〔一三〕 拭也

○左佐⿰方左子賀切說文手相左助也或从人亦作⿰方左文七⿺辶左說文[一三]⿺辶左行不正

𠂇左手也祛[一四]襌衣也趙魏之間謂之祛[一五]作起也造也○跢丁賀切小兒行兒文八

癉憚㽨說文勞病也[一六]或从心亦作㽨⿸疒多馬病哆緩脣也

⿰足單踣也點艸葉壞也故墟種麻有點葉夭折之患賈思勰說○馱他唐[一七]佐切畜負物也或作他文四

大巨也誃欺也○邏羅郎佐切說文巡[一八]也或省文十

⿰衤羅女上衣也⿸疒羅⿰歹羅病也或从歹囉歌也欏籬格[一九]也⿰木磊椏⿰木磊樹表[二〇]

纙錢緡也⿰足羅⿰足羅跿猶蹭蹬也○柰乃箇切能也文七⿰車柰⿰車堯也

那哪嗱[二一]諾[二二]助或从口从柰如若也書曰如五器卒乃復鄭康成讀⿺黑業

[一三]𨁈
[一四]襌
[一五]祛衣
[一六]瘽
[一七]唐
[一八]巡
[一九]落
[二〇]衰
[二一]㖒　柰
[二二]語

見鬼驚詞○椏阿个切椏⿰木磊樹衰文二痾病也

三十九○過古臥[二三]切越也文九鍋[二四]車釭也方言齊楚海岱之間謂之鍋划

鎌也楇說文盛膏器裹包束也蝸[二五]不蝸蟲名一曰蟷蠰通作過稽

穅也⿰氵戈水名腂腫赤也○貨呼臥切說文財也文三燬[二六]爾雅火也

郭璞讀沎水名○課苦臥切說文試也文七敤博雅椎也一曰研治髁

𡱽說文髀骨也或从尸堁堀堁塵起皃一曰阜也瘰秃病科滋生也

○和胡臥切應也調也文六⿰亻和和也盉調味也通作和楇輠⿰車咼

說文盛膏器或作輠⿰車咼○涴汙烏臥切汙也或作汙文七堁博雅塵也踒

[二三]臥
[二四]鍋　燕
[二五]蝸

〔五〕踠　〔六〕臥

〔七〕臣　〔九〕敽

〔一二〕䴵　〔一三〕歲騎穀

踒〔五〕說文足跌也一曰折也或作踠　㛪立皃　炣煖也　○臥〔六〕吾貨切說文休也从人臣〔七〕取其伏也文一　○播𢾾敽〔九〕補過切說文種也一曰布也亦姓古作𢾾敽文十二

譒說文敷也引商書王譒告之　簸揚也　嶓山名　襎長袂　碆磻石名可爲矢鏃〔一〇〕或作磻　跛足横病　𡋾關東謂塚大曰𡋾　番獸足　○破

𥓲普過切說文石碎也古作破文三　頗偏也一曰疑辭　○䃺〔一一〕磨莫臥切說文石磑也或省文七　塺博雅塵也　摩擘也　𧬟以大對小之言　䕷蘪蕪艸名

攠鍾擊處　○倍步臥切仆也文二　蔢〔一二〕蔢蔄艸名　𠹷燕代謂喜言人惡爲𠹷　○䐹蘇臥切膏也文六　䴵麵不精也　硰硰石地名　歲〔一三〕歲騎

〔一四〕麰　〔一五〕臥

〔一六〕𡋯　〔一七〕搦

〔一九〕疲

穀名　嗾使犬聲　䴹麰䴹粟粥　○剉寸臥〔一五〕切說文折傷也文六　莝摧

說文斬芻也或作摧　銼銼鑪溫器　硰地名　䣖山名　○挫祖臥切說文摧也文十　侳說文安也　夎夎𨁰詐拜也介士之拜或省亦从足　硰地名史記

擊韓信軍於硰石　𡸫山摧也　𡛼輕也　剉斫也　𧩡以言折人〔一八〕　○座徂臥切坐具文四　𡋯〔一六〕坐說文止也从土从留省土所止也古作坐　挫搦〔一七〕也　○拕

拖〔一八〕他佐切曳也或作拖亦省文八　佗加也　袉說文裾也引論語朝服袉紳　杝車名　大太也何休曰約誓大甚　𤸫博雅𤸫𤸫疲〔一九〕也　○桗都唾切木本也文九　𨧰剁剉也或从刀　𡟲挆量也或从手　𨓳也〔二〇〕　𡺜山皃

[三一]誇

[三二]續

[三三]軌

[三四]⿱竹函

[三五]袂

[三六]⿰糸羸

[三七]㩐[三八]⿰亻羸[三九]鄰[四〇]⿰糸羸

[四一]絲

綵殯也 諉[三一]相誇 ○唾涶 吐卧切說文口液也或从水涶又水名文十二 霄雨下皃 鯖魚去鱗曰鯖 嫷婧南楚之外謂好爲嫷或省 ⿰衤青⿰衤隋說文無袂衣謂之⿰衤青或从隋[三二] ⿰隋毛⿺毛隋鳥易毛也或作⿺毛隋 蜕皮也 頹委𡡹皃周禮頹爾如委李軌[三三]讀 ○憜惰媠⿱隋女㥩⿱隋心徒卧切懈也或省亦作媠⿱隋女古作㥩⿱隋心亦書作⿱隋心文十五 ⿰豕青⿰豕隋豕名或从隋 ⿰金尃覆殯也禮大夫殯以⿰金尃 ⿱竹隋⿱竹函[三四]⿱竹隋夏笋 埻射堋 ⿰衤青方言無緣[三五]衣謂之⿰衤青 鯖魚初化曰鯖 ⿰禾青禾積也 鬌子生三月翦髮也 ○羸⿰?羸[三六]盧卧切說文瘦也文十六 ⿰?羸[三七]博雅病也一曰畜病 㩐[三八]理也或作⿰扌羸 ⿰亻羸[三九]鄰病 ⿰扌羸擊也 ⿰糸羸[四〇]說文不均也一曰綠[四一]有節 騬

騬歲穀名 ⿰麥隋⿰麥⿰?隋賈思勰說粟粥也 ⿰亻隋不正 ⿰木羸木名也 ⿰竹隋篔⿰竹隋 惰憜懈也或作憜媠 ⿰亂?弱也 ○愞偄懦㐡奴卧切弱也或从人从需亦作㐡文十五 堧沙土 羸嘍羸[四二]立皃 㬉堧𤃉壖城下田一曰江滸或作堧 ⿰禾耎穤稻名或作穤 媠方言姓媠[四四]豔美也 渜水皃 挼推也 ○縛符卧切束也文一

四十 ○禡貉[一]莫駕切說文師行所止[二]恐有慢其神下而祀之曰禡引周禮禡於所征之地或作貉文十五 睰視皃 罵說文詈也通作傌 㾺博雅庵也 䳸[三] 說文目病一曰惡气著身一曰蝕創 傌關人名 隓方言益也 鄢說文郁鄢犍爲

[四二]婁

[四三]娃嫷⿱宀⿰鹿?

[一]貉

[五] 袜
[七] 似貛長尾　[八] 也
[九] 垻
[十] 杷　[十一] 杤
[十二] 膝
[十四] 乜

縣
榪牀端橫木 鬕鬕袜[五]額也一曰帶結飾 賷[六]博雅僨也 ⿰言馬多言也
⿰犭馬獸[七]名 驀登也 ○ 帊帕袹普駕切博雅帳[八]或作帕袹文六 怕⿰忄霸
⿰忄巴懼也或从霸从巴 ○ 霸⿱雨月必駕切把也一曰月始生古作⿱雨月文十三 壩
⿰石霸堰也或从石 灞水名 垻[九]平川謂之垻 靶說文轡革也 弝
弓把[十]也 杷欛⿰骨巴杤[十一]也或从霸亦作⿰骨巴俗从手非是 桭廣雅桭[十三]謂之膝[十二] 爸
吴人呼父曰爸 ○ 把[十四]步化切田器也文十五 ⿰齒巴齒出白 白西方之色 狛
獸名似狼或書作⿰甘犬 鮊鮁魚名或从犬 ⿱髟巴⿱髟巴鬖髮亂皃 矲⿰矢卑跁矲矬
短皃或作⿰足卑跁 穲⿰禾巴穲稏稻也或从巴 粺毇也 ⿰金罷廣雅耕也 皅色不

[十五] 止
[十六] 雅
[十七] 辭
[十九] 諸
[二十] 鄑　貝
[二十二] 籭　[二十三] 立　[二十四] 逆

眞也 ○ 卸寫四夜[十五]切說文舍車解馬也从卩上午或作寫文九 瀉鹵也泄也 篤
博雅篇章篤程也 蝑⿰虫夜⿰虫卸⿰虫舍蟹醢或从夜[十六]从卸从舍 ⿸厂焉傾也 ○ 借
子夜切假也文三 唶諎廣[十六]推鳴也一曰歎聲或从言 ○ 謝詞夜切說文辭[十七]去也
一曰告也文六 榭豫說文臺有屋也一曰凡屋無室曰榭或作豫通作謝 ⿰氵射水名出瞻
渚[十九]山 ⿰衣射吳人謂衣曰⿰衣射 ⿰冫射凋也 ○ 褯慈夜切小兒衣文七 躤踖踐也
或省 藉蒩耤說文祭藉也一曰艸[二十二]不編狼藉或作蒩耤 ⿰昔阝[二十一]亭名在頁丘 ○ 笡
七夜切博雅籭[二十二]謂之笡文四 跙[二十三]諫足也 趄衺遰[二十四]也 揸衺梧也 ○ 舍
式夜切說文市居曰舍从亼中象屋也口象築也文十一 ⿰舍阝邑名 厙姓也 赦⿰亦攵

〔二六〕䪨卬　〔二七〕蛆　〔二八〕跂　〔二九〕岐　〔三〇〕庈　〔三一〕絎　〔三二〕夊　〔三三〕也　〔三五〕湨　〔三六〕脽

說文置也或从亦　涻說文水出北囂山入邙澤　騇犃爾雅牝曰騇或从牛　貰貸也　蛤蟲名似蟹　螫蛆〔二七〕也　○趀充夜切距也文六　跅〔二八〕跂〔二九〕道　庈〔三〇〕山名爾雅東北之美者有庈山之文皮　奓開也莊子奓戶而入　厙姓也　絎〔三一〕以繩維持也　○柘之夜切說文桑也亦姓或書作柘文十六　樜說文木出發鳩山　蔗　蝫蟅艸名說文藷蔗也或作蝫蟅　嗻說文遮也　炙〔三二〕䏑說文燔肉或从肉　鷓鷓鴣鳥名　蟅說文蟲名〔三三〕一曰蝗類一曰鼠婦或書作䗪　䵬黑色　橐橐皋地名在淮南後道縣東南　蟅一石蟅藥艸一名石韋　遮遏〔三五〕也　䐑日赤　湨脽〔三六〕名蜀　○䠶　射𨈖神夜切說文弓弩發於身而中於遠也篆从寸寸法度也亦手也籒作𨈖文七　貰

〔三八〕貸　〔四〇〕喔　〔四一〕艫　〔四三〕鬄　〔四四〕傻　〔四五〕脩　〔四六〕㚇　〔四七〕乍　〔四八〕助　〔四九〕鍇

說文〔三八〕貸也　麝𤛓獸名說文如小麋臍有香一說冬食柏夏食諸蟲〔三九〕或从牛　𤸰病也　○嗄𣣞𠷞所嫁切聲〔四〇〕變也或从欠古作𠷞文十二　廈庌旁屋也或作庌　沙聲〔四一〕嘶也周禮鳥皫色而沙鳴貍　閜開也　䧅姓也出新鄭　鯊魚名　䰾　鬄〔四二〕博雅暴也或作鬄　剎刺也　○謏唆數化切俊言也一曰妄言或从口文三　傻〔四四〕傻傸不仁　○詐側駕切說文欺也文十五　咋語聲一曰暫也　醡笮䇞榨　醡醋酒盞也或作笮䇞榨醡醋　溠說文水在漢南荊州浸也引春秋傳修涂梁溠　䓹〔四五〕　㚇詐拜也或省　髿毛多皃　䖳車裂　蚱蟬屬　𣹟溼也　○乍〔四七〕眆駕切說文止也从亡从一徐鍇〔四九〕曰出亡得一則止暫止也文十六　鮓蚱海魚名或作蚱　咋

【五〇】胆　【五一】渣　【五二】寳　【五三】義　【五四】比　【五五】⿰黍多　【五六】詫酒　【五七】蓿

暫也　詐譇說文㪜語也或从茬　齰齧也　蜡說文蠅蜡也引周禮蜡氏掌除骴
䄍索也合聚萬物索饗百神也通作蜡　砟碑石也　渣【五二】水名　怍忏怍多姦
也　窄寬也　溠【五三】水名在美陽　蓌夎詐拜也或省　○吒咤喥
陟嫁切說文噴也叱怒也或作咤喥文二十　哆張口皃　奓張也　⿰黍多【五五】⿰黍多黏粘也
⿰月奓賀⿰月奓不密也　蛇蛇蟦蟲名水母也　觰角上廣　灹【五六】火炏也　奼
少女　⿱穴乇窋⿱穴乇物在穴中皃　膪⿰月亞膪肥也　⿰彳啻⿰彳啻步立也　詫宅閜【五七】說文
奠爵也或作宅閜宅一曰懲也　託誇也　媞姕媞詐欺　莊莊蓿藥艸黃苓也黃文內
虛　○詫⿰言奓丑亞切誇也或从奓通作侘文六　奼仛說文少女也或作仛　侘

【五九】秅　【六〇】乙　【六二】絲　【六三】諸　【六四】㦫　【六五】亂　【六六】夜　【六七】城　【六八】暇

侘傺失志皃　哆張口皃　○蛇蜡除駕切蟲名南越志水母東海謂之蛇或作蜡
文五　塗飾也　秅【五九】束禾也　⿰禾屁屋皃　○㰤企夜切張口息也關中謂權卧
爲歌一曰歌歌不意文一　〈胗【六〇】乃嫁切膩也文十二　⿰黍多⿰黍多黏黏也　挐亂也　絮
絮縿絲【六二】絮也或从如从奓　蹃踧蹃小兒始行皃　⿸疒奓病也　轘輾也　詉
諸【六三】詉詐也　⿰忄挐【六四】心亂也　鬖髿鬖鬖乱【六五】　○夜【六六】亱寅謝切說文舍也天下休舍也
古作亱文八　⿰金夜鏡也　射僕射官名射者武事古者重武以主射名官關中語轉爲此音
鵺⿰夜隹鳥名似雉或从隹　⿰氵射水名出瞻諸山　麬麨麬䴺皮也【六七】　○偌人夜切姓也文三
䛙如也一曰譍聲　渃城【六七】名在彭州　○暇【六八】亥駕切說文閑

〔六九〕夏嬰
〔七〇〕昰　〔七一〕暇　〔七二〕痢
〔七三〕㙴
〔七四〕𠂤
〔七五〕襾
〔七六〕唬
〔七七〕胥
〔七八〕「疴」
〔七九〕乜　〔八〇〕伏

也一曰嘉也文十一嘉假美也或作假下降也芐艸名地黃也夏
昰夏〔六九〕時〔七〇〕也古作昰夏暇〔七一〕緩視也疒利〔七二〕疾㰤飲也○罅〔七三〕呼
虛訝切說文裂也从缶缶燒善裂也或作呼文十八㙴𨻶𤗚寏說文㙴也或从𠂤〔七四〕从片亦
作寏襾〔七五〕說文覆也从冂上下覆之㙤地名在晉㗬詬㗬怒兒一曰笑也嚇
赫唬以口距人謂之嚇或作赫亦省煆博雅爇熱也誤怒言唬說文唬聲〔七六〕
也一曰虎聲詫告也諕譇誑也或作譇○骼〔七七〕丘駕切要骨
也或作骬骰文十三揢持也疴客小兒驚病〔七八〕或作客吹博雅息也一曰大笑
訶歎聲謑謑〔七九〕詬巧言訝博雅謷也恪〔八〇〕忬多伏計證詆訶言不

〔八一〕齖　〔八二〕靶　〔八三〕椵
〔八四〕叚
〔八五〕瘕
〔八六〕懈　〔八七〕假
〔八九〕藙
〔九〇〕弟

正齖齖猗齒出兒○駕挌居迓切說文馬在軛中籀作挌文二十七椵〔八三〕
稼架博雅杙也所以舉物或作稼架亦書作枷榢構屋也賀賀膝不密也一
曰瘡賈價售直也或从人假叚〔八四〕下以物貸人也或省亦作下假一曰休告也
皮瘕〔八五〕腹病嫁說文女適人也幏說文南郡蠻夷賨布〔八六〕稼家說文禾之秀實
爲稼莖節爲禾一曰稼家事也一曰在野曰稼或省䚷廣雅嬾也假〔八七〕方言至也笲
鬱酒之尊畫禾稼者傢心不安也迦枒木如蒺藜〔八九〕上下相距加增也瞶
視也𦩷𦪘具舟也或从架梢木參交以枝炊簞者李舟說○亞衣駕切說
文醜也象人局背之形賈侍中說以爲次第〔九〇〕也文十六婭兩壻相謂曰婭通作亞啞

【九一】亞　【九二】賾　【九四】西　【九五】覆　【九六】睚　【九八】彎　【一〇一】大「鍾」

聲也一曰鳥聲偓倚也稏穲稏稻也晉晋說文義闕一曰姓也或作晋[illegible]
穲稏短也[illegible]歐歌也惡惡[九二]也易言天下之至賾而不可惡也[illegible]廣雅剄[九三]也一曰
到也[illegible][illegible]膪肥也[illegible]心鬱也錏柔剛鐵也[illegible]次第行也[illegible][九四]復[九五]也
○訝迓御輅魚駕切說文相迎也引周禮諸侯有卿訝發或作迓御輅訝一曰疑也文
十五[illegible]悋[illegible]心不合齖齬齖齒不相值砑[illegible]碾也或从手庌廡也
枒木名一曰迦枒木相拒犽獸名似[九七]貛長尾[九八]牙車輮也睚[九六]睚眦恨視
玡骨似玉者閜開裂也○崋華彎[九九]胡化切說文山在弘農華陰[一〇〇]从山華
省亦姓或作華古作彎文十六窊[一〇一]博雅寬也吴口大皃擨擨[鍾]橫木也春秋

集韻去聲八

【一〇二】檴　【一〇三】鱯　【一〇五】名　【一〇六】傀　【一〇七】鮀　【一〇八】跨　【一〇九】牛　【一一〇】古

傳大者不擨或作擨檴樺[一〇二]說文木也以其皮裹松脂或从華鱯[一〇三]說文魚名獲
爭取也擭機[一〇四]檻鷨雉[一〇五]也話咶言也或从口嬅女名○化
𠯈火跨切說文教行也古作𠯈亦姓文八匕說文變也通作化傀[一〇六]說文鬼變
也[illegible][一〇七]說文魚名[illegible]木名皮可爲索諣疾言吪開口皃○跨
跨[一〇八]枯化切說文渡也或作跨文八侉行也跨說文踞也骻胯㞁股閒
也或作胯㞁午[一〇九]舉足越一曰一步也○坬舌[一一〇]罵切土埵也文四[illegible][illegible]詿
說文相誤也或从爪亦作詿○窊烏化切下地也文六[illegible]踏距地用力也搲
攨吴人謂挽曰搲或作攨[illegible]小兒啼[illegible]色敗也○瓦吾化[illegible]

集韻去聲八

[二二]瘉　[二三]歧　[二四]褙祮　[二五]杈　[二六]襢　[二七]誒　[二]瀁　[三]樣

切施瓦於屋也或作瓦文二○瘥楚[二二]嫁切博雅瘉也文八汊水歧[二三]流也差異也杈[二五]木枝衢也一曰收艸具衩廣雅褙[二四]袺謂之褸衩一曰襢[二六]衣跂歧道也誒[二七]議異言或作議

四十一○漾瀁弋亮切說文水出隴西氐道東至武都[二]為漢一曰水皃古从養文二十三羕說文水長也引詩江之羕矣[三]樣法也恙說文憂也一曰蟲入腹食人心古者艸居多被此毒故相問無恙乎⿰食恙⿰食羕方言餌也或从羕⿰忄羕恨也養⿰羊攴供也或作⿰羊攴眻美目一曰眉間曰眻諹字林讙也煬說文炙燥也颺風所飛颺也⿰黑昜說文赤黑也一曰淺青⿰犭恙⿰犭羕獸名如猨猊食熊羆或作

[五]寫　[六]妄　[七]朢 𦣠 ⿱亡王　[八]臣　[九]謹　[一〇]蒸　[一一]思

⿰犭羕像[四]瀉也痒⿰歹羊創也或从歹⿰女羕女字⿰言羕聲變也⿰亻羕立動皃○訪敷亮切說文汎謀曰訪文三妨博雅娉也一曰害也邡邑名○放匚甫妄切說文逐也古作匚文七舫枋說文船師也引明堂月令舫人習水者或作枋趽馬曲脛謂之趽旊鳥名坊堤也○妄[六]無放切說文亂也文十三忘棄忘也望⿱⿰亡月立說文出亡在外望其還也或[七]从立朢𦣠⿱亡王說文月滿與日相望以朝君从月从臣[八]从壬壬朝廷也古省或作⿱亡王謽⿰言⿱亡王[九]說文責望也一曰欺也或省汒谷名在京兆盳盳洋仰視皃⿱艹忘[一〇]艸名杜⿱艹忘也⿰言妄誣也通作妄○防坊符訪切隄也或从土文二○相思[一一]將切視也助也文二蠰蟲名

［一三］麫

［一四］牆䊤𤖌監

［一五］酉酒

［一六］粡

［一八］導

食桑者　○蹡蹌　七亮切走也或从倉亦書作𨇨文五　篘　竹也　𥻷　麳敗［一三］曰𥻷

𢫬　刺也　○醬［一四］䊤𤖌　即亮切說文醢也从肉从酉［一五］酒以和醬也古省籒从皿文四

將　說文帥也　○匠　疾亮切說文木工也从匚从斤斤所以作器也文三　趞　說文行皃

鴎　女鴎鳥名［一六］巧婦也　○餉餉粡饟攘餳　式亮切說文饟也或作餉粡饟攘餳文十八

向　國名一曰沛縣一曰周邑亦姓　傷痌　說文［一七］𡢁也一曰痛也或作殤　未成人死者

鄉　少時也　蟓　蠶別名　𧻓　正也周禮維角𧻓之

煬　爍也　蠰　蟲名齧桑也喜齧桑樹作孔入其中［一八］珦　玉名　恦　念也　姠　女字

○唱𪛔誯倡昌　尺亮切說文導也或从龠从言亦作倡昌文七　敞　露舍

［二〇］堂

［二一］𡾏

［二二］讓攘

［二三］文六

［二四］欀

［二五］熱

［二六］灀

［二七］婺

［二八］刅刅

也　淌　大［一九］波　○障䧦章　之亮切說文隔也或从广亦省文七　墇　說文擁也

徫　徫徨行遽皃　嶂　山之高險者　瘴　癘也　○尚　時亮切說文曾也一曰庶幾也貴也主［二二］也久也文四　上　君也　償　還也　堂［二〇］　距也蹋也　○讓𡾏［二一］

人樣切說文相責讓也一曰退也古作𡾏通作懹［二三］　瀼　水名在蜀　饟［二四］　說文周人謂餉曰饟

懹　博雅難也　攘　卻也　蘘　艸名茉蘇也　欀　交欀木名出峨山一曰道上木

○壯　側亮切說文大也文九　痱　病熱［二五］也　裝　行具　𣴶𤆀　實米於甑

也或从火［二六］　莊　恭也　粧　飾也　奘　健也大也从大　弉　妄彊也［二七］从犬　○霜［二八］

灀　色壯切實霜殺物也或从仌文三　孀　婺婦　○創刅剏　楚亮切懲也傷

〔二九〕疒

〔三二〕鬱

也或从刃古作㓨文八刱說文造法刱業也通作創愴說文傷也凔滄說文寒也或从水倉喪也○狀助亮切說文犬形也一曰類也文四⿰氵狀⿰氵狀水瀺灂兒或作⿰氵狀漴雨疾下○帳知亮切說文張也一曰幬謂之帳文九脹痮腹大〔二九〕也或从疾漲涱水大兒或省⿰土張⿰土長沙墳起也或省張陳設也周禮邦之張事一曰自侈大也春秋傳隨張必棄小國粻糧〔三〇〕也○悵⿰目長丑亮切說文望恨也或从目文十四⿰礻旦達〔三一〕也暘⿰目長說文不生也或从長暢長也通也通作鬯鬯⿰禾鬯說文以秬釀鬱〔三二〕艸芬芳攸服以降神也从凵凵器也中象米匕所以扱之引易不喪匕鬯或从禾⿱艹暘⿱艹暢說文艸茂也或从暢瑒說文圭尺二寸有瓚以祠宗廟者韔

集韻去聲八　三十二

〔三三〕罃

〔三四〕也

〔三五〕周

〔三六〕咣

〔三八〕晾

〔三九〕榜

〔四〇〕踉

說文弓衣也引詩交韔二弓或从革瓺博雅瓶〔三三〕也一曰朝鮮謂罌瓺○仗直亮切兵器文九〔三四〕暘⿰目長田不生也或作⿰目長⿰革長韔弓衣或从韋⿰女丈女字長度長短曰長一曰餘杖所以扶行也言〔三五〕禮共其杖函瓺瓶也○諒力讓切說文信也亦姓或作亮文二十〔三七〕五亮哴喨〔三六〕嗟哴啼極無聲也或作喨悢惊⿰忄亮博雅悢悢悲也或作惊⿰忄亮凉薄也通作涼涼佐也詩涼彼武王一曰冷也䣼說文雜味也一曰清漿曰䣼⿰風京北風⿰目良晾⿸疒良說文目病也或作晾〔三八〕痕掠榜〔三九〕也⿰貝京賦也踉〔四〇〕跟蹡欲行兒量斗斛曰量兩乘也匹也緉說文履兩枚也一曰絞也⿰牛京駿牛也韔弢也詩言韔其弓沈重讀掚

集韻去聲八　三十

【四二】穰　【四三】鄉
【四三】鄉
【四四】牖
【四五】鳥
【四六】美

整飾也春秋傳御下捔馬倞遠也剠鈔取也通作掠○釀女亮切說文醞也作
酒曰釀文四穰糅也蘸蘘說文菜也一曰藏菹或从穰【四二】○向𤗈許亮
切說文北出牖也引詩塞向墐户或从片向一曰趣也救也文十七鄉【四三】嚮宣窨面也
或从向古作宣窨䜨荅也曏【四三】不久也一曰屬也闣說文門響也爾雅兩階間謂之
闣一曰牖【四四】屬明堂位刮楹達闣天子之廟飾珦瓛說文玉也或从鄉蠁蟲名享
薦也詩享于祖考徐邈讀羗羗量鳥【四五】雛飢困兒響聲遠聞姠女字薌
香【四六】美○唴丘亮切說文秦晉謂兒泣不止曰唴文五䀶晾睰目病或作晾睰𧾱
闞人名陳桓公子𧾱○畺彊居亮切也或从弓文二○弶摾其亮切字

【四八】懟
【四九】暀
【五〇】迬迋
【五一】㤿
【五三】兊
【五四】冰

林施罟於道一曰以弓罥鳥獸或作摾文五倞傹強也或作傹強山名○怏
於【四八】亮切說文不服懟也文七詇說文早知也䬬飫也𤿫青血也一曰面蒼
柍僉也方言齊楚謂之柍即今連枷坱說文塵埃也鞅馬駕具○䡊
魚向切字林轎也文四仰廣雅恃也昂昂昂君之德也𧾱闞人名陳桓公子
○暀【四九】旺于放切說文光美也或省文十三王興也迬【五〇】迋說文往也引春
秋傳子無我迋隸省𢘋誤也徃往歸嚮也隸作往㤿【五一】方言惛【五二】也泩汪
泩陶縣名或省䀿視也𣴺大水皃○況湟兄兊【五三】許放切說文寒水也
一曰益也矧也譬也亦姓或作湟古作兄兊文十一䀭視也況寒【五四】水貺貺賜也

〔五五〕䜼
〔五六〕迋
〔五七〕輄
〔五八〕誑

或从光　䀮字林水名一曰山名　軦黄軦蟲名　峴山名　○䜼〔五五〕誆誑古况切說文欺也隸省或作誆迋迋文十三　𢤱𢘿說文誤也隸省　俇說文遠行也或从彳　臦說文乖也从二臣相違　狂惑也　眖明也　𤞣去水中也　○狂具放切輄〔五七〕也文五　誆誑〔五八〕言　迋逛欺也或从狂　眐日光　○脏區旺切腹中寬文一

四十二　○宕大浪切〔一〕說文過也一曰洞屋汝南項有宕鄉文十三　踼跌踼行失正也　嵣山形　碭說文文石也一曰山名　藹藡藹藥艸　閬門不開　逿失據倒也漢書陽醉逿地一曰過也　瘍畜病泄　愓放逸　囥𡆷砰囥石聲或省

〔二〕鍚
〔三〕〇
〔四〕丁
〔五〕簹
〔七〕冡

盪動也　趤趤趤逸游　○儻他浪切倜儻大志一曰〔二〕希望也文八　湯熱水灼也一曰蕩也　盪滌器一曰〔三〕行也亦姓　揚排也　鍚鋿治木器或从宕　讜美言　蕩蒗蕩渠名　讜〔三〕譡〔四〕下浪切言中理也或从當文九　儅倘儅不常也一曰了也　當主也底也中也　擋摒也　簹篖〔五〕　檔横木　艡艔艡舟也　党說文大盆也一曰井以甀爲甃者顏師古說亦姓　○浪郎宕切說文滄浪水也南入江文十八　䆠空也　閬說文門高也巴郡有閬中縣　䁁〔六〕目病　䁁暴也　埌博雅墦埌冡〔七〕也一曰壙埌原野迥兒　誏謔也一曰泛言　䍚莽䍚廣大兒　藺䕞藺碭艸名或作䕞　蒗蒗蕩渠名在譙郡　狼〔九〕博狼地名在陽武　俍良工也

[一〇]砊　[一一]柄

[一二]壤　[一三]鬤　[一四]蘘　[一五]⿰山襄

[一六]蚄　[一七]髣　[一八]漭　[一九]耄昏

[一〇]硠 砊硠石聲 㨔 擊也 踉 踉蹡行遽皃 䞶 䞶䞶逸游 筤 扇[一一]瀨曲柄繡蓋在乘輿後 ○儴纕⿰衤襄 乃浪切寬緩也或从糸从衣文十 [一二]壤 塵也一曰土窟 瀼 決瀼濁也 [一三]鬤 鬇亂 ⿰彳襄 行皃 [一四]蘘 蘘蘘艸皃 [一五]⿰山襄 山隈或从石 ⿰石襄 ○謗 補曠切說文毀也文八 [一六]螃 蟲名似蝦蟇 榜搒 進船也或从手 縍 吳俗謂縍絮曰縍 艕舫 並兩船或从方 嗙 聲也 ○傍並⿰阝旁 蒲浪切近也或作並傍文九 ⿰巾旁 書帖也 徬 說文附行也 [一七]⿱髟益 說文縣也 ⿰足旁 跟蹡行遽皃 螃 蟲名如蝦蟇陸居可食 塝 地畔也 ○[一八]漭汒 莫浪切莽浪水大皃或从亡文八 ⿰山芒 ⿰山芒嵣山形 ⿱竹吂 屋簀 吂[一九] 不知皃一曰凡使人不荅曰吂

[二〇]莽　蔍　茻

[二二]車

[二三]介

[二四]健

沆湘間語 孟⿱亡皿 孟浪不精要皃或作⿱亡皿 ⿱艹孟 艸名狼尾也 ○喪䘮 四浪切亡也古作䘮文五 ⿰糸喪 色淺黃也 ⿰目喪 眼⿰目喪暴賁也 搡 摚也 ○[二〇]葬塟 則浪切說文藏也从死在茻中一其中所以薦之引易[二一]古之葬者厚衣之以薪或作塟古作⿱艹厇文四 髒 抗髒伺立皃[二二]趙壹說 ○藏 才浪切物所畜曰藏文五 臟 腑也 奘 大也 輩 修軍也 葬 藏也 ○吭頏肮亢 下浪切咽也或作頏肮亢亢亦星名文九 行 次也一曰行行剛強皃 ⿱竹絖笐 竹竿也或省 桁 衣椸 ⿰亢羽 ⿰亢羽⿰亢羽飛皃通作頏 ○亢[二三] 口浪切高極也一曰星名文十八 頏 咽也通作亢 囥 藏也 抗 說文扞也 忼 慨也 伉 說文人名[二四]論語有陳伉一曰匹也健也亦姓 邟

[二七] 襘 穰
[二八] 㫺
[三〇] 頃

說文潁川縣　閬 說文閬閬高門　炕 說文乾也　砊 砊硠石聲　䵎[二六] 博雅黃也
犺 說文健犬也　蚢 海貝名　梗 禦[二七]災害也周禮招梗禬穰鄭興讀　康
舉置也禮崇坫康圭通作亢　䡉 車軏也　阬 坑也　㝩 䯫㝩高下不平皃　○
鋼 居浪切堅也文三　掆 字林捎掆㫺[二八]也　䀭 境也　○盎㼜 於浪切說
文盆也或从瓦亦書作瓶文十四　𡂮䜒詇 聲也或从言亦省　醠䤁 說文濁酒
也或省通作盎　坱 塵也　柍 中央　泱 水皃　𣘞 𣘞椿木名　姎 說文女人
自偁[二九]我也　𥈭 𥈭瞢日無光　𥫢 竹無色　○䅮 七浪切禾頃[三〇]也文二　𨕹
過也　○枊 魚浪切說文馬柱一曰堅也文五　駠 說文駠駠馬怒皃　岇 山名

[三一] 㝩
[三二] 曠／眹
[三四] 横木
[三五] 綌

在越　仰　㰳 䶢仰行不耑　𩛷 食無廉　○潢 胡曠切釋名染帋也文七　䁜
䁜眼明皃　攩擴 打也或作擴　愰 心明也　纊 繩束也　熿 耀也
巟 呼浪切田不治也文四　㝩[三一] 廣也　䀭 旱气也　慌 惚也　○曠爌
苦謗切說文明也或从火文十一　懭 恨也或通作懬[三二]目無眹也　壙 說文塹穴
也一曰大也　纊絖 說文絮也引春秋傳皆如挾纊或从光　懬 說文闊也一曰廣也
𡽱 山名　䵎 黃色　𨆪 路曠遠也　○桄 古曠切說文充也文十二　䁜
目無色　光黋 飾色也或作黋　廣 度廣曰廣一曰兵[三三]車名　橫橫 組附衡水[三四]
或从廣　纊絖 綿也周禮共其絲[三五]纊劉昌宗讀或从光　撗擴 充也或从廣通作橫

臏腫皃○汪瀇洭烏曠切停水臭一曰水皃或从廣从枉文四⿰酉黃酒也
○⿰月放滂謗切脹也文一
四十三○映暎於慶切隱也或从英文十一⿰貝央頸飾詇博雅
問也一曰告也一曰早知也⿰食景䬬方言飽也或作䬬英飾也摬說文中擊也
暎映視也亦从央嬰關中謂孩子曰嬰○𢿆憼〔二〕敬居慶切說文肅
也或从心古作敬文九璥玉名曔日明也竟說文樂曲盡爲竟獍
獸名鏡說文景也⿱艹竟艸名○㪅更居孟切說文改也隸作更文五〔三〕賡
續也鯁字林魚骨也梗〔三〕荒也略也○瀴於孟切瀴灛冷也文二⿰衤嬰

〔二〕𢿆

〔三〕荒

雜揉相暎○鞕〔四〕硬魚孟切博雅堅也或从石文二○行下孟切言迹也文四絎
緣也胻脛也⿰言幸言也○蝗户孟切螽也文四潢說文小津也一曰以
船渡也横不順理〔五〕脛足也○榜搒北孟切進舟也或从手文三艕
船也○孟𡥉莫更切說文長也古作𡥉文九⿱艹孟艸名䁅⿰目黽䁅盯目怒皃或
从黽蜢蟲名蝦蟆也⿱亡明⿱亡明張失道〔六〕皃盟明盟津地名或作明通作孟○
膨蒲孟切脹也文四⿱彭足〔七〕䠒⿱彭足蹋地聲⿱彭石〔八〕碼⿱彭石石聲瓶瓶屬○⿱穴泓
烏橫切小水也文一○悙亨孟切倀〔九〕悙踈率文三諄啍博雅言也一曰瞋語或从
口○倀⿰言長豬孟切倀〔十〕悙踈率或从言文九⿱登目張皮也偵廉視也趟

〔四〕映

〔六〕乑

〔七〕䠒

〔八〕鬄〔九〕𩮬〔十〕碼𩮬

〔三〕悙

趟趟踉党也 ⿰巾登幀撜[一二] 張畫繪也或作幀亦从手 盯 瞷盯[一三]視皃 ○牚 恥孟切支柱也文十 敞 拒也 樘 柱也 儻黨儻[一四] 不動意莊子儻然不受或作黨儻 趟 趟趟行皃 偵 偵偵走也 瞠⿰目棠 直視皃或作⿰目棠 ○鋥碨敞 除更切磨也或作張敞文八 朾 楔也 瞥 春也 瞠 [二五]瞠⿰目棠 定視也或从棠从堂 ○柄棅枋秉 陂[一六]病切說文柯也或作棅枋秉文十四 鈵 廣雅固也 怲 憂也 寎窉 爾雅三月爲寎或作窉 邴 邑名在宋又姓 昞 日明也 炳 火明 蛃 衣中白魚 丙 日名 㝱 臥驚病通作寎 ○病 皮命切說文疾加也文七 寎 說文臥驚病也一曰三月名 評 訂也 坪 說文地[二七]平也或書作⿱平土 枰

[一二] ⿰衤登

[一三] 盯

[一五] 瞠⿰目棠

[一六] 棅

[一七] ⿱平土

傳雅平也一曰榻也 平 平物賈也漢謂之月平 馮 據也漢書[一八]馮玉几 ○寎 窉 況病切爾雅三月爲寎孫炎讀或作窉文三 㝱 臥驚病通作寎 ○寎窉 丘詠切爾雅三月爲寎郭[一九]璞讀或作窉文二 ○寎窉 鋪病切爾雅三月爲寎或作窉文二 ○擤 [二〇]先命切偰胘也文四 ⿰甹頁[二二] ⿰甹面 負面或从面 甹 修也 ○命 眉病切說文[二一]使也文三 盟 誓約也莊子其留如詛盟郭象讀一曰河[二三]津名 鳴 相呼也 ○生 所慶切產也文五 鼪 鼬鼠別名 ⿰貝生 富也 ⿰牛朿 刺也 ⿰牛產 牸牛 ○瀙儭渹 楚慶切冷也具[二四]人謂之瀙或从人亦作渹文三 ○慶慈[二五] 丘正切說文行賀人也从心从文[二六]吉禮以鹿皮爲贄故从鹿省占[二七]作慈文二 ○詷[二八] 恥慶切伺也文一 ○

[一八] 臥

[一九] 撲

[二〇] 胘

[二三] 涷

[二四] 吳

[二五] 慈

[二六] 文

[二七] 古

[二九] 耻

【三〇】競　竸　【三一】儆　【三二】泳　【三三】禜　【三四】褱　癘　【三六】醟　酳【三七】酒　【三八】鼞　【三九】磈

【三〇】竸競鏡　渠映切說文彊語也一曰逐也隸作競或作鏡文十二　倞傹　說文彊也或从竟　誩䜭　說文競言也从二言古作䜭　儆　戒也　曔　明也乾也　滰　盪也　檠　有足所以几【三一】物或書作擏　擎　持也　○迎　魚慶切迓也文一　○詠咏永　爲命切說文歌也或从口亦省文九　【三二】泳　說文潛行水中也　禜【三三】　說文設緜蕝爲營以禳【三四】風雨雪霜水旱【三五】癘疫於日月星辰山川也一曰禜衛使災不生引禮記雩禜祭水旱　蝗　江南謂食禾蟲曰蝗　隍　壑也城池無水者　醟【三六】酴　說文酗【三七】也或作酴　○亨享　普孟切煑也周禮割亨劉昌宗讀或作享文六　膨　脹皃　甁　罌屬　鼞【三八】　䠶鼞蹋地聲　[illegible]　【三九】磈彭石聲

【四〇】言　【四一】脊「出」　【四二】偕　【四三】伎　【四四】夐　在　傳　錯

四十四　○諍　側迸切說文止也通作爭文二　爭　競也　○迸【四〇】跰　北諍切說文散走也或从足文八【四一】　䞶趟　走也或从屏　䨵　雷聲　誁　勆也　胼　腹脹皃　蛢　獸脊蟲「出」也　○併　蒲迸切皆【四二】也文二　靐　雷聲　○軯　匹迸切車聲文四　砰　石落聲　閛　開閉門也　𤖅　析木聲　○嚶　於迸切嚶嚶獸聲文二　嫈　小心態　○轟輷　呼迸切衆車聲或作輷文二　四十五　○勁　堅正切說文彊也文五　[illegible]　筋竹　葝[illegible]　艸名鼠尾也或作剄　俓　伎【四三】也　○輕　牽正切疾也春秋傳戎輕而不整文三　鑋　金聲　[illegible]　一足行　○[illegible]　馨正切笑也文二　醒　酕醒頑劣皃　○夐【四四】　虛政切說文營

求也从旻从人穴上引商書高宗夢得說使百工敻求得之傳巖巖穴也徐鍇曰人與目隔穴經營而見之然後指使以求之[四]攴所指畫也文五　瞏視也　詷說文知處告言之　醟沈酗也　⿰目卂目轉也　○⿱高頃傾敻切[五]屋也或作廎文二　○摒拼畢正切博雅除也或从并文八　鉼北燕謂釜曰鉼　賆益也　倂幷說文並也或省　屏除也　恲滿意　○聘匹正切說文訪也文四　聘視也　娉說文問也謂昏禮問名　傳使也　○偋毗正切偋褰也文三　⿰彳屏傍側也　庰廁也　○詺名彌正切目諸物也或作名文二　○性息正切說文人之陽气性善者也文六　蛸說文蟲也　姓[illegible]說文人所生也古之神聖母感天而生子故稱天子引春秋傳天子

〔四〕文
〔五〕小堂
〔六〕涵

因生以賜姓亦姓古作[illegible]　狌鼪鼠屬莊子捕鼠不如狸狌或从鼠　○婧七正切說文竦立也一曰有才文六　凊清說文寒也或作清　胜山海經玉山有鳥如翟而赤其名胜遇是食魚　倩假也　掅捽也　○精子正切強也文二　婧有才品也一曰婧婧健皃　○淨疾正切魯北城門池一曰水[八]也文十五　瀞清[九]說文無垢薉也或作清通作淨　穽汬阱[七]說文陷也所以取獸者古作汬阱　[illegible]說文坑也　⿰貝青賜也　靚說文召也　姘說文靜也　婧女貞也一曰竦立　蜻蟬屬　請謁也　頩[一一]說文好皃詩所謂頩首　婙女字　○聖⿰耳井⿰镸垔[一〇]式正切說文通也古作⿰耳井唐武后作⿰镸垔文三　○正[illegible][一二]之盛切說文是也从止一以止古从

〔七〕名
〔八〕蒸陷
〔九〕阬
〔一〇〕⿰镸垔
〔一一〕耕
〔一二〕[illegible]

二二古上字或从一足足者亦止之古亦作疋唐武后作缶文十二 政 說文正也 証 說文諫[一三]也 鴊䧺 鳥名鶺鴒也或从隹 ⿱竹政 竹名 眐 耑視 姃 女字 ○盛[一四] 時正切多也又姓文六 娍 長好皃一曰美也 墭㼩 器也或作㼩 ⿰月成 肥也

晟 明也或書作晠 ○竀靗[一五] 丑正切廉視也或作靗文七 ⿰貝貞 售也 偵 博雅問也 ⿰食呈 饋也 詷 知處告言之 遉 邏候也 ○鄭 直正切說文京兆縣周厲王子友所封宗周之滅鄭徙溍洧之上今新鄭是也一曰重也亦姓文四 呈 衙也 ⿰呈瓦 瓶屬 ⿰示呈 祖也 ○⿱䍃虫[一六] 女正切蟲名文一 ○⿱夌火 妨正切火皃文一 ○令 力正切說文發號也一曰善也一曰官署之長漢法縣万户以上爲令以下爲長文三 詅 博雅

[一三]諫

[一五]靗

讀[一七]也衙也 伶 縣名在益州[一八] ○纓 於正[一九]切馬犬頸飾文六 嬰 嬰累小弱 郢 楚地名春秋傳吳[二〇]其入郢劉昌宗讀 罌甖 博雅瓶也或从瓦 浧 水名一曰濴也

四十六 ○徑逕 古[二一]定切說文步道一曰直也亦从辵[二二]文十一 經 織也 涇 涇涏直流也 俓 直也堅也 ⿰身巠 博雅隔也 ⿰口巠[二三] 字林聲也 桱 桯也一曰堅杉一曰經絲具 牼 牛膝下骨 陘 海陘魯隘道一曰山絕爲陘 剄 斷也

○罄 詰定切說文器中空也引詩缾之罄矣文十一 ⿱穴巠 說文空也引詩缾之⿱穴巠矣 磬 殸硜 說文樂名[二四]也从石殸象縣虛之形殳擊[二六]之也古者毋[二五]句氏作磬籕省石古从巠 ⿱輕足 一足行[二七]也通作⿱輕足 鑋 說文金聲也或書作⿰金輕 麉 爾雅鹿絕有力者 汧 水名

[二一]吉

[二二]辵

[二三]獀

[二四]石殸古籀

[二六]毋

[二七]鑋

[八]高　[九]青　[一〇]佞　[一一]姓　[一二]瀞 儬

在扶風綮肯綮肋肉結處也謦謦欬言笑也○脛踁踁形定切說
文胻也或从足亦作踁文四鋞長鍾也鏄謂之鋞○鎣縈定切說文器也一曰磨
也文八憕忊憕恨也瑩說文玉也一曰石之次玉者引逸論語如玉之瑩瀅
滎汀瀅小水或作滎嫈遼嫈漢侯國名褮衣裍熒火光○濙
胡鎣切濎濙小水皃文四熒暫明皃迥遠也高[八]牆屋間狹徑也○䵑
莫[九]定切䵑艴赤黑色文六瞑冥夕也或省瞑閑目貌豚屑也糢米屑○
腥胜新佞[一〇]切說文星見食豕令肉中生小息肉也或省文六醒醉解也曐
姓[一一]雨止無雲星見也或作姓性心悻也○靘千定切靘艴青黑色文五瀞[一二]

[一五]樹　[一六]餌　[一八]皃

瀞說文冷寒也或从仌掅博雅持也一曰捽也磧[一四]石也○矴碇磸
丁定切錘舟石也或从定从奠文十五釘黃金也靪補履也訂平議也
飣肵置食也或作肵錠說文鐙也一[一五]曰豆屬有柎曰鐙無柎曰錠奠假也定
營室星也一曰定謂之耨顁題也通作定鼎方且也漢書鼎貴如淳讀䈀竹器
粁[一六]餌○聽他定切說文聆也古作艇文十一侹直也忊忊憕
不得志皃庭廷[一七]遲庭激過也一曰不近人情或省涏波流直皃濎濎濙小水[一八]
⿰豸丁豕皃汀汀瀅小水筳笭筳車中筳也○定𤴓徒徑切說文安也古
作𤴓一說丘左有澤曰定亦州名文十廷正也直也朝位也霆雷也錠鐙也

〔一九〕名　〔二〇〕插　〔二一〕寗　〔二二〕讇　〔二三〕鳺　〔二四〕毋　〔二五〕磬　〔二六〕諛謟　〔二七〕佞詖　〔二八〕禪　〔二九〕歐　〔三〇〕廁　〔三一〕辵

鼮豹文鼠也　奠置也　誕詭詐也〔一九〕　睼見也　忊忊憕恨也　○零
郎定切落也文六〔二〇〕　令令支縣名〔一九〕在遼西　伶弄也　笭笭䇸車中筳　刢
割也　攊插〔二〇〕也　○寗〔二一〕乃定切說文所願也又邑名亦姓文十二　佞⿰言⿱二女說文〔二二〕巧讇
高才也或从言　濘說文滎濘也一曰清也　鸋鳥名爾雅鳴鴂鸋鴂〔二三〕　泥寗泥〔二四〕母
地名或作寗〔二五〕　年闕人名周景王弟年夫　磬告也从自　⿰言寗詩〔二六〕雅⿰言寗諛謟也通作
佞詖〔二七〕　⿰彳寗⿰彳寗⿰彳寗行皃　⿰虫寗蟲名似蟬　○絅口定切禪〔二八〕衣也禮衣錦尚絅徐邈讀文二
娗小竈　○㿉噎甯切歐〔二九〕聲文一　○屛庰步定切偋〔三〇〕廁或从广文四　偋
說文僻寠也　⿰彳屛傍側也　○跰迸壁瞑〔三一〕切散走也或从辵文二　○扃

〔三〕力　〔二〕夌　〔四〕也　〔五〕稱程器　〔六〕偁　〔七〕爯　〔八〕秝　〔九〕抍

扃扃定切明察也或从广文三　坰遠郊
四十七　○證⿱登金〔二〕諸應切說文告也唐武后作⿱登金文十　烝蒸氣之上達
也或作蒸　承丞承鄉漢侯國名或作丞　⿱丞木姓也　⿰丞黃黃色　脀癡也一曰
髀脅腫也　僜倰〔三〕僜行無刀　○勝⿱夾儿詩證切克也亦州名古作⿱夾儿文七　⿰月⿱龹目
美目〔四〕也　榺說文機持經者　蕂⿱艹稱胡麻也或从稱　媵女字　○稱〔五〕昌孕
切權衡也分寸起於秒秒禾芒也故徎器字皆从禾一曰宜也謂也俗作秤非是文四　偁〔六〕譽也
〔七〕爯⿱爫秝〔八〕大也舉也古作秝　○丞常證切縣名在沂州文五　⿱丞車軺車後登也
〔九〕抍撜上舉也或从登　⿰丞阝縣名在會稽　○乘椉⿱夾儿石證切車也一曰物

〔一〇〕雙曰秉春秋傳以乘韋或作椉尭文十六　賸　益也餘也一曰以財贈送俗作剩非是　媵　美女一曰從嫁也　䐉孕　妊也或作孕　嵊　山名在剡縣　鱦　魚子　甸　六十四井爲甸　繩　微也　騬騬　犗馬亦从椉　𨏈䡕　副車也或从丞〔一一〕　譝　促言　○認　如證切誌也文六　扔　博雅引也一曰就也推也數也　杒　木名一曰〔一二〕訨車木　芿艿　艸曰艸芟故生新曰芿一曰艸木不翦亦省　仍　因也郭象曰仍自然之能　○甑〔一三〕鬻　子孕切說文甗也籀从鬻文五　[illegible]　說文〔一四〕鬻屬　禬　方言汗襦〔一五〕江淮南楚謂之曰禬　餕　馬食穀〔一六〕多气流下也　○凭憑　皮孕切〔一七〕依几也或作凴文八　⿰月馮　⿸广淜　腫滿皃或作痭　⿱艹馮　艸盛皃　⿰足馮　⿰足馮彭踶蹋地聲　⿰毛馮　⿰毛馮⿰毛乃犬毛　〔一九〕⿰石凭

〔一〇〕雙　乘

〔一一〕丞

〔一三〕[illegible]　鬻　鬻

〔一四〕鬻、　〔一五〕襦

〔一六〕穀

〔一七〕「四」

〔一九〕⿰石凭

⿰石凭彭石聲　○⿰毛乃　尼證切⿰毛馮⿰毛乃犬毛文一　○覴眙　丑證切直視皃或作眙文二　○眙瞪　澄應切直視皃或从登文六　澄　清皃　⿰黑登　米壞也　憕　心靜　黕　雲色　○彭　七孕切毛張皃文一　○餕　里孕切說文馬食穀多气流四下也文七　掕⿰麥夌　說文止馬也或作⿰麥夌　淩〔二〇〕　冰也　⿸疒夌　風病　⿰去夌　去也　倰　長也一曰倰僜行疲　○孕孕䐉⿰女黽　以證切說文褱〔二一〕子也古作孕⿰女黽〔二二〕文十三　倂媵　倴　說文送也呂不韋曰有侁民〔二三〕以伊尹倂女古〔二四〕以爲訓字或作媵倴　⿰目朕　大視也美目也　賸　說文物相增加一曰送也副也　⿱黽黑　面黑子謂之⿱黽黑　鱦⿰魚孕　爾雅鱦小魚或从孕　繩　艸舍〔二五〕實曰繩周禮秋繩而芟之　○興〔二六〕　許應切象也文四　嬹　說文說也　舋

〔二〇〕淩

〔二一〕褱

〔二二〕⿰女黽

〔二三〕氏

〔二四〕文

〔二五〕含

〔二六〕興

［二八］荅

［三〇］肎　膺

［三一］棶

［三二］瀅

［三三］亙

腫病鄭［二七］說文地名○婝其孕切欲死皃文一○應於證切答［二八］也文五膺［二九］
㾼譍說文以言對也或作㾼譍膺［三〇］肎也禮拳拳服膺徐邈讀○凝牛孕切止
水也文一○冰［三一］逋孕切冷迫也文一○硛蒲應切水激石聲文四⿰車冰軒⿰車冰
車聲棶［三二］胼棶析木聲䨻䨻䨻雷聲
四十八○隥嶝磴丁鄧切說文仰也或从山从石文十三登蹬
履也或从足憕懵憕神不爽僜倰僜不親事鐙馬鞍具一曰豆也凳
橙字林牀屬或从木䭿祭饌墱飛陛謂之墱䔲瞢䔲臥初起皃○
磴［三三］台隥切小水相益也文三輽車羽霯大雨○鄧唐亙［三四］切說文曼姓之

［四］皃

［六］㨈　擔

［七］𤼷

［八］驓

［九］母

［一〇］鏳

［一一］棟

國今屬南陽又姓文十一蹬［三］說文蹭蹬也⿰女登婈⿰女登困病皃［四］䔲瞢䔲臥初起皃［五］
驓騃驓馬傷穀病幐囊屬僜倰僜不親事㨈［六］撜負擔也或从手澄
清濁分也𤼷［七］擊也○倰郎鄧切倰僜不親事文六婈婈⿰女登困病皃⿰馬夌
⿰馬夌蹬馬病輘軸也踜踜蹬馬病䔖䔖䔲臥初起皃○堋塴𡫺窆
封逋鄧切說文喪葬下土也引春秋傳朝而堋禮謂之封周官謂之窆又引虞書堋淫于家或作
塴𡫺窆封一曰堋射埻也文七傰阿黨也［八］塴蜀郡謂塘曰塴○倗步鄧切輔
也文一○懜懵儚毋亘切說文不明也或从瞢从人文十二［九］瞢目不明也鏳
鏳博雅鏳錯鐶也或从夢［一〇］䒐棟也［一一］鯍鱛魚名或从瞢𥇖博雅癡也

〔一二〕惡 〔一三〕贖
〔一四〕稽 〔一五〕昨 玩
〔一六〕亙
〔一七〕堩
〔一八〕䀎恒
〔一九〕連

一曰田民艷艷艷色惡⿸疒曾癠⿸疒曾眠寤○癠思鄧切癠⿸疒曾眠寤文一○蹭七鄧切說文蹭蹬失道也文〔一四〕三艷艷艷色亞〔一二〕⿰曾刂割過傷也○增子鄧切贈〔一三〕也文三綜織文⿰衤曾複也○贈〔一五〕作亙切說文玩好相送也或書作䞉文五〔一六〕⿰黑曾⿰黑黽䵞黷面黑氣或从黽驓爾雅馬四骹皆白者繒帛也○⿰木亘亙⿰月亘居鄧切說文竟也古作亙⿰月亘文十二揯博雅急也或書作搄絚索也〔一七〕堩博雅道也曾子曰葬引至于堩⿰魚亘⿰魚亙魚名或省暅〔一八〕博雅暴也恒月弦也詩如月之恒䀎目起皃⿰石亘石〔一九〕皃○⿰土亘口鄧切道也文一○⿱亘鼎寧鄧切大鼎文一〔二〇〕

四十九○宥〔二一〕尤救切說文寬也文二十七又說文手也象形三指者手之列多略不過〔二二〕三也右各佑說文助也一曰手口相助也徐鍇曰言不足以左復手助之或作各佑祐說文助也謂福祐也姷侑說文耦也或从人酭醻酒也通作侑⿸疒又痏疣說文顫也或作痏疣〔二三〕頄⿰又頁頭顫也亦从又忧說文不動也⿺走有說文走也⿱有皿⿱右皿說文小甌也或从右囿[illegible]說文苑有垣也一曰禽獸曰囿籀作[illegible]栯木名⿱艹[illegible]⿱艹囿⿱艹有說文艸也或作⿱艹囿亦省有復也通作又⿱穴有空也犹獸名○齅嗅許救切說文以鼻就臭也文十一〔二四〕⿰女臭腐气也嘼畜⿰犭畜說文㹌也象耳頭足厹地之形古文嘼下从厹〔二五〕或作畜亦从犬珛說文朽玉也〔二六〕王篆玉工⿰歹丂腐也痳麥瘡臭逐氣也禽走臭而知其迹者犬也故从犬

〔二二〕佑 〔二三〕頄
〔二五〕玉 〔二六〕汞

〔八〕飽　鉤
〔九〕憎　⿱穴敗
〔十〕𣪘　〔十二〕悗也
〔十一〕⿰目久
〔十三〕雒

○⿰鼻丘丘救切⿰鼻丘⿰鼻丘仰鼻文五⿰足丘⿰足丘⿰足丘行皃糗粮也⿰足臭⿺走丘跛行也或
作⿺走丘○鼽牛救切⿰鼻丘鼽仰鼻文二⿰足臭跛行○⿰言求〔七〕救捄居又切說文止
也又姓或从攴从手文二十二𣪘說文揉屈也从殳从皀皀古叀字徐鉉〔八〕曰叀小謹也亦屈服之
意⿺辶𣪘說文恭謹行也匓⿰食勹說文飽也祭祀曰厭匓或作飽究⿱穴敗說文窮也
〔九〕曰究究相憎惡古作⿱穴敗⿱穴久說文貧病也引詩煢煢在⿱穴久疚久病也灸灼也
或書作⿱久灬廄⿱亼皀說文馬舍也引周禮馬有二百十四匹爲廄廄有僕夫古从九俗作廐非是
玖石之次玉者猶獸名善登木久以蓋塞鬲口也⿰皀攴〔十〕強擊也⿱敄心〔十二〕
說文謹也⿰土究⿰目久〔十一〕耕壠中或作⿰目久⿰皀見衆視也○舊鵂巨救切鳥名說文〔十三〕鵻

〔十四〕柩　匛　匶　匶
〔十五〕魱　〔十六〕匹
〔十七〕貁
〔十八〕貐
〔十九〕晦　〔二十〕見逆南　〔二十一〕宄
〔二十二〕瘤
〔二十三〕櫾　〔二十四〕厥包　〔二十五〕櫾
〔二十六〕櫄栖
〔二十七〕六　〔二十八〕梎

舊舊留也或从鳥休舊一曰故也又姓文十一⿰弓舊⿰弓匛弓強也或作⿰弓匛柩〔十四〕匛匶
說文棺也或作匛籀作匶匶鯦魚〔十五〕名爾雅鯦當魱似鯿扏訪〔十六〕言仇也賕以財
相謝○貁〔十七〕狖⿰犭⿱穴豕犹余救切說文鼠屬善旋一曰禺屬或作狖⿰犭⿱穴豕犹文三十猶
獸名似麂善登木一曰隴西謂犬子曰猶蜼⿰豸酋〔十八〕猚字林獸名如猴卬鼻長尾或作⿰豸酋猚⿰虫秀
蟲〔十九〕名不知⿰目每明者〔二十〕鼬⿰鼠穴說文如鼠赤黃而大食鼠者或从穴〔二十一〕牰牛目眥黑曰牰輶
輕車也褎⿴衣由盛飾皃詩褎如充耳或从由⿸疒酉〔二十二〕博雅病也油浩油地名柚
櫾〔二十三〕說文條也似橙而酢引夏書厥〔二十四〕包橘柚或作櫾〔二十五〕櫄〔二十六〕禉說文積火燎之也〔二十七〕引詩薪之槱
之周禮以槱燎祠司中司命或从示哨不正也岫山有穴曰岫梎〔二十八〕木名庮

[三〇]髻　[三一]恒怒　[三二]雯　[三三]瘦　[三六]罔　[三八]覆

久屋朽木臭也怞憂也䌷物有光也通作油舳舟首也媨醜也卣

驚聲○謬[三〇]嘐眉救切說文狂者之妄言也或从口文三繆戾也○副𠠫

敷救切貳也或从二畐文十六郛郭也福衣一稱[三一][illegible][illegible]博雅假髻謂之[illegible]或[三三]

从富通作副愊愊[三二]恣也或作恒覆說文覂也一曰蓋也豧豕息也仆

踣頓也或作踣[illegible]治敗絮也瘦[三三]再發之疾曰瘦福[三四]藏也史記邦福重寶

徐廣讀[illegible]竹蓋也○富方副切說文備也一曰厚也又姓文七輻[三五]輪轑

也鍑說文釜大口者葍蕌也[illegible]舟名也不弗也罦罔[三六]也○復

扶富切又也文十五[illegible][illegible][illegible][illegible]皮[三七]衣車軾也或作[illegible]亦竝从革復覆[三八]說文重也

[三九]夘　[四〇][illegible]　[四一]土　[四三]琇　[四四]宊　[四五][illegible]　[四七]稍　[四八]叟

古作匐覆蓋也通作伏伏寚菢卵也或作寚[三九]瘦再病也椱說文

機持繒者[四〇][illegible][illegible]兩阜間也或作[illegible]附說文附婁小土山也[四一]从𨸏付聲引春秋傳附婁

無松柏○秀息救切實也有實之象下垂也徐鍇說[四二]文十四琇琇說文石之次玉

者引詩充耳琇瑩或省[illegible][illegible]留行相待[四三]也通作宿繡說文五采備也鏥

鏽鐵上衣也或作銹鏽宿列星也舍也[illegible]朝[illegible]蟲名孳母也滫溞[四四]

溲也或作溞莠荼[四五]也鏅鍛也○[illegible][illegible]千繡切博雅[illegible][illegible]走也或从叜[四六]文三

[illegible]廣雅[illegible]謂之笪○僦即就切說文賃也文八[illegible]擾也稍稅糈

稻實[四七]也亦通作稍瘷縮也媨醜也[illegible]史也惆悲也○岫宙

〔四九〕六　〔五一〕袂也
〔五二〕黑眥
〔五三〕曰
〔五四〕犬　〔五五〕土
〔五六〕咎　〔五七〕穫
〔五八〕趍
〔五九〕犬
〔六〇〕呪

⿰谷由似救切說文山穴也〔四九〕籀从穴从谷文七　褎袖〔五〇〕說文袂〔五一〕或从由一曰盛飾一曰褎褎禾黍盛皃　牰爾雅牛〔五二〕黑眥牰　紬緒也　○就就疾僦切說文就高也从京从尤尤異於凡也又姓籀作就文七　𡼖終也　鷲⿱就隹說文鳥黑色多子師曠曰南方有鳥名〔五三〕羌鷲黃頭赤目五色皆備或从隹亦書作鷲　牰字林牛眼黑眥也　⿱山就山名　○狩舒救切說文犬〔五四〕田也引易明夷于南狩文七　守諸侯爲天子守土〔五五〕故稱守漢置郡太守　獸說文守備者一曰四足而毛〔五六〕曰獸　首嚮也禮寢常東首一曰有罪自陳　收敊穫〔五七〕也或作敊　⿰口守趍〔五八〕鳥聲　○臭尺救切說文〔五九〕禽走臭而知其迹者犬也故从犬徐鍇曰以鼻知臭故从自文三　殠⿱自死說文腐氣也或省从死　○祝祝呪〔六〇〕詋詶職救切詛

〔六一〕祝　〔六二〕騆
〔六三〕付
〔六六〕詩
〔六七〕此
〔六八〕瘦　胑
〔六九〕鎦

也古作視〔六一〕或从口从言亦作詶文九　⿱髟周髮多〔六二〕也　椆木名　睭耳明〔六三〕也　⿺風周風皃　○授⿰禾壽⿰禾𠷎承呪切竹也又姓亦作⿰禾壽唐武后改作⿰禾𠷎文十三〔六五〕　⿰口受口誨與也　綬韍維　壽⿱壽〔六四〕久也古作⿱壽　詶荅也　售讎說文賣去手也引詩〔六六〕賈用不售或作讎詩無言不讎鄭康成讀　禱祈久年也　醻報爵　嬦女名　○輮踐也如又切車輞文十二　煣火揉木也　楺木名　鞣柔革也　蹂厹踐也或作厹　揉順也詩揉〔六七〕北萬邦　肉錢璧之體　腬⿰月丑肉善者腬或从丑　⿰口柔惡言　⿰食柔餾也　○瘦瘦膄〔六八〕所救切說文臞也隸作瘦或作膄文十一　颼颼颼風聲　漱嗽說文盪口也或从口　鏉說〔六九〕文利也一曰鏉鏽鐵上衣　涑水有所敗

〔七〇〕緺

〔七二〕(步疾)　〔七三〕娠也

〔七四〕从言

〔七六〕味　〔七七〕按

蒐〔七〇〕爾雅戢蒐聚也施乾讀 嗖 唆 驅鳥聲或从変〔七一〕○莲 初救切說文艸皃一曰艸雜也文三 篕 倅也齊也 遚 不進也 ○縐〔七二〕側救切說文絺之細也引詩蒙彼縐絺文十二 ⿰衤芻 愀 衣不伸也或作愀 ⿱竹皺 捕魚器 甃 說文井壁也 媰 好也 瘷 博雅縮也 ⿰月芻 脯也 皺 皵也〔七三〕⿰亻芻 傻 娠也或从変通作媰 ⿰革聚 鞁也 ○驟 騶 鉏救切說文馬步疾也或作騶文九 ⿰氵聚 水流急也 媰〔七五〕⿰亻芻 娠切或从人 ⿰扌聚 擊也 僽 ⿰言聚 僝愁〔七四〕詈也或作謅 ⿸虍皺 虎争聲 ○晝 書 晝 陟救切說文日之出入與夜為界籀作書隸省又姓文八 疛 腹心疾也 噣 咮 注 說文喙〔七六〕也或作味注 扭 按〔七七〕也 ○畜 嘼 丑救切㹌也謂六畜或作嘼文四

〔七八〕祐

〔七九〕兜鍪同

〔八〇〕籀　〔八一〕卜　〔八二〕繇

〔八三〕訓

〔八五〕經　〔八六〕盩

〔八七〕讀　〔八八〕朗

侴 姓也 惆 惆悵失志 ○胄 育 伷 直祐〔七八〕切說文胤也从肉由聲又姓或作育伷文二十八 胄 䩜 說文兠鍪〔七九〕也从冃司馬法从革或書作軸 伷〔八〇〕行無極也 宙 說文舟輿所極覆也 籀〔八〇〕說文讀書也引春秋傳卜籀云一曰〔八一〕史籀造篆以故有籀文 繇〔八二〕占辭 䛆 說〔八三〕文訓也 緭 紬 博雅業也一曰〔八四〕緒也或作紬 疛 ⿸疒壽 博雅病也一曰心腹疾也或从壽 懤〔八五〕愁毒也 酎 說文三重醇酒也引明堂月令孟秋天子飲酎 逐 奔也山海細〔八五〕夸父與日逐一曰牡牝合 駎 馬競馳謂之〔八七〕駎 盩〔八六〕關人名周大王父諸盩 岫 爾雅山有穴〔八七〕為岫郭璞說 怞 說文朗〔八八〕也引詩憂心且怞 ⿱竹紂 竹易根而死曰⿱竹紂 ⿰糸宙 古今無極謂之⿰糸宙通作宙 ⿰衤留 袖 祝⿰衤留也或作袖 ⿰禾胄 稅也 粙 稻實 舳

〔八九〕出

〔九一〕坹　畂　⿰土聯

〔九二〕帘

〔九四〕待

舟首 ○溜 力救切說文水在鬱林郡文〔九〇〕三十三 霤 說文屋水流也 廇 說文中庭也一曰屋大梁 褶謟袖 說文祝褶也或从言古从示由 ⿰霝瓦 博雅甍謂之⿰霝瓦 餾 說文飯气烝也 醽 酒名 騮 關東謂甑通〔九三〕作塯 塯 瓦器堯舜飯土塯通作〔九四〕餾 坹〔九一〕 畂 耕地起土也一曰聯也或作畂 帘〔九二〕 石帘地名在濟北 㽞留 誘畱行相或也 或作留 翏 說文高飛也 廖 說文〔九五〕人姓一曰國名 僇 說文癡行僇僇也一曰且也 劉 埤倉妖也 瘤癭 腫也或作瘻 勠 併力 颲 長風聲也〔九六〕通作翏 雡 說文鳥大雛也一曰雉之莫子爲雡〔九七〕 鷚 鳥名說文天鸙〔九八〕也好高飛作聲 璆 美玉名 鏐 黃金之美者一曰弩牙 ⿱霝黽 龜名左倪霝 ⿰扌留 築牆布土也 劉

〔一〕候

〔二〕盲

〔三〕瞜

〔四〕平

〔六〕說

〔七〕蹇

竹聲 鎦磂 梁州謂釜曰鎦或从石 ○糅粈 女救切雜也或从丑文十一 ⿰飠丑 ⿰飠柔 雜飯也或从柔 鞣 柔革也 腬 肉之善者 楺 木名 猱 猴類爾雅猱蝯善援 杻 習也 絿 雜色繒 輮 車輞 ○𢝊 於救切慮也詩序百姓見憂徐邈讀文一

五十 ○候 下遘切說文伺望也文二十八〔一〕 堠 記里堡也〔二〕 鄇 說文晉之溫地引春秋傳爭鄇田 郈鄡 鄉名在東平或作鄡 睺 半盲也〔三〕 瞜 博〔四〕雅眗瞜本也一曰睺瞜貪財皃 詬詬 博雅罵也〔五〕或从后 逅 說文邂逅也一曰解〔六〕悅也 遘 遇也 覯 遇見也 ⿺走后 蹇〔七〕也 後 詩傳相導前後曰先後 鍭猴 爾雅金鍭

【一九】歁　【二〇】皐　【二一】蔻　【二二】寳　【二三】貊狗　【二四】⿰忄侯　【二五】也　【二六】㲄

翦羽謂之鍭或从羽䬲⿺風后風皃或从后⿰皮矦埤倉石䃻【一八】膜也一曰石墓⿰谷矦谷名

鮜魚名鯸也鱟魚名似蟹有子可爲醬⿰矦鳥鳥名⿰虫矦水蟲似龍出南海

洉沾濡也銗受錢器后君也厚厚薄也○詬詢㖃

許候切說文謑詬恥也或作詢亦从口文十八吼厚怒也頟勤也一說頟顬老稱怐

佝怐愗愚也或从人歁數【一九】歁凶麤也⿰谷后谷【二〇】在成臯狗字林豕鳴

也【二一】蔻菽豆蔻艸寳【二二】生交阯或作菽【二三】貊豿狗熊虎子名或作豿狗⿰目后怒目

視皃太玄遠之⿰目后鮜魚名鱟魚名似蟹○寇丘堠切說文暴也文二十二

【二四】慐慐【二五】慐勤力敂說文擊也佝說文務也【二六】㲄㲄區怐㲄霿鄙吝心不

【二七】⿱㱿缶⿱㱿土　未　【二八】鷇　【二九】碿　【三〇】求　【三一】軶

明也或作㲄區怐袧博雅襞也⿱敄糸博雅絹也⿱竹寇織具【二七】⿱㱿缶⿱㱿土說文【二八】未燒

瓦器或从土滱說文水起北地靈丘東入河滱水即漚夷水并州川扣擊也鶩

鷇說文鳥子生哺者或作鷇⿰寇鳥鳥名鴨屬垢解垢詭曲之辭詬詈也釦

飾器也叩以手至首○冓居候切數也一曰積材也文五十六構說文

蓋也一曰木名或从【二九】手非是覯視也蔻艸名蒚類篝竹器遘說文遇也

䃓碿也覯說文遇見也媾說文重婚也引易匪寇婚媾姤易卦名遇

也陰陽相遇也彀說文乳也一曰彀瞀也𡨦博雅夜也詩中𡨦之言購說文

以【三〇】財有所求也⿰貝句稟給也⿰身句縣數也句拘也又姓軥說文【三一】軥下曲者

〔二二〕轂

〔二三〕𣪊

〔二四〕瞉霿

〔二五〕㩦

〔二六〕从 〔二八〕勤

〔二九〕獒 〔三〇〕穀

㱿說文張弩也 雊𠹭呴鴝雉鳴或作𠹭呴鴝 㲉取乳也〔二二〕轂

取羊乳也 𣪊取牛乳也〔二三〕𣪊取牛羊乳也 鸜鸜鴝鳥名 鉤鉤梯攻城具詩

以爾鉤援 韝射所以韝臂者 詬詢詈也或作詢 逅邂逅不期而遇一曰解說

也 〔二四〕鷇𣪒字林鳥子生哺者或作𣪒 袧博雅襞也 瞉愗怐佝傋

瞉霿鄙吝也或作愗怐佝傋 榖木名 岣博雅岣嶁謂之衡山 𤬪博雅𤬪瓞王瓜

也 骺骺骨耑一曰骨鏃 𤏳舉火也 𥧲穴也 䨲大雨也〔二七〕 搆

襦也〔二五〕 𦱤𧄎積艸或作遘〔二六〕 夠聚也 玽玉名 𩑶頊勤力〔二八〕 豰咲猪

也 𧮫獸名似犬食猴〔二九〕 穀祿也善也論語三年學不至於穀〔三〇〕 ○漚渥於候

〔三一〕漬 〔三二〕次 〔三三〕鳥

〔三五〕系 〔三六〕榠

〔三七〕敝

〔三八〕裏 〔三九〕㡀

〔四〇〕蟤

切說文久漬也〔三一〕或作渥文二十 𧍕蠶眠也 褔衣也〔三二〕 鞰胡鞬 䳼烏聲〔三三〕

𦽥飲水也 𣢏歐吐也 醧酒味和 膒以脂漬革 熰𥁶蓲

煖也或从日亦作蓲 𦺬梵𦴭地名在竟陵〔三四〕或省亦从句 𣿖罧也積艸水中以取魚

握緝喪束手者或从𦂌〔三五〕 搜〔三六〕關人名莊子有王子搜 ○偶牛遘切不期會

也文一 ○仆踣𧻓匹候切僵也或作踣𧻓文八 𣢐語不受也 扑擊也

䋨治敝絮〔三七〕 豧豕息也 朴木皮 ○脴蒲候切醬豕者爲脴文十 䩔

革裹車軛也〔三八〕或𩊚〔三九〕 錇說文小缶也 鴀鴀鳩鳥名 僨仆也 朴

木皮 蟤蟤蝀蟲名 芰㛿落也或从夕 ○戊莫候切說文中宮也象六甲五

【四二】苺 曰 月　【四三】木

【四四】⿴衣楙

【四六】蛂 蛟

【四七】牆　【四八】姆 娒 母

龍相拘絞也文四十三　茂說文艸豐盛【四二】⿱艹林艸名　蓩說文毒艸也【四三】　菽
說文細艸叢生也　苺【四二】覆盆艸也　月覆也　楙說文不盛也爾雅楙木瓜　袤
⿴衣楙說文衣帶以上一曰南北曰袤東西曰廣籀作⿴衣楙【四四】　⿱癶矛拜也　懋　⿱矛心說文勉也【四五】
引書時惟懋哉或省通作楙　霿　愗　⿰亻敄　⿰忄敄　⿰亻務瞉霿鄙吝也或作愗⿰亻敄⿰忄敄⿰亻務　⿰虫敄
蟲名蛷【四六】蛟也　罞獸罔　瞀　⿰目冒說文低目謹視也一曰目不明也或从冒　⿱敄酉說文
【四七】醟醶褕醬也　姆【四八】　娒　母女師也或从每亦作母　⿱敄糸染布以覆車也　鄮說文
會稽縣　侮傷也詩受侮不少徐邈讀【四九】　牧地名尚書大傳牧之野劉昌宗讀一曰畜牧
⿱丞黽龜兆氣鬱冥也洪範曰⿱丞黽曰尅劉昌宗讀　侔上下等也周禮凡爲輪行山者欲侔劉昌

【五二】買 貿 貫　【五三】杍

【五四】日

【五五】天气下地不應曰雺

【五六】三

【五七】獒

【五八】王

【六〇】鏑　【六一】插

宗讀　務　瞀　年昏也古作瞀或作年【五二】　鍪博雅【五三】鍪【五四】也　蓩艸名卷耳也　⿰木敄
木名冬桃【五三】也　貿【五二】　賈說文易財也或作賈　杼果名　⿱敄魚魚名出【五四】曰南　雺
【五五】地气發天不應曰雺　○　漱先奏切蕩口【五六】也文十二　嗽　欶欬也或省　瘶寒病
嗾　族說文使【五七】犬聲引春秋傳公嗾夫獒或省通作欶　鏉利也一曰鐵上衣【五九】　⿰忄叟
困⿰忄叟氣臭薰鼻不通皃　搜闕人名莊子【五八】有玉子搜　⿱竹奏小竹　⿰虫束蠎蝀蟲名　⿰口束
吮也　謏私詈　○　湊　奏千候切說文水上人所會也或【六一】作奏文十七　輳輻共
轂也　⿰金奏槍屬　鏃博雅鏃砮【六〇】鏑也　揍柿也　腠膚理也　⿰鹵奏博雅鹽也
一曰南夷謂鹽曰⿰鹵奏　楱小橘也出武陵　⿰豕奏豕也　蔟　族太蔟律名蔟湊也萬物始

〔六二〕蠶　〔六三〕軌　〔六四〕⿰日奏春
〔六六〕⿱𢆶奏　〔六七〕⿱厽夂屄
〔六八〕从⿱𢆶十
〔六九〕冄尸
〔七〇〕鬪
〔七一〕仗
〔七三〕鄧　〔七四〕弘
〔七六〕「喙」

大湊地而出也一曰蠶〔六二〕蕣或作族　轂車轂空也眾輻之所輳李軌〔六三〕讀也　⿰目奏〔六四〕半春　嗾　造使犬聲或作⿰口造　蔟〔六五〕鳥巢○⿱𢆶奏〔六六〕奏⿱厽夂〔六七〕⿱𢆶攵屄則候切說文奏進也从⿱𢆶十〔六八〕从山屮上進之義一曰簡類晉法召王公以一尺奏王公以下用一尺版隸作奏或作⿱厽夂⿱𢆶攵屄文九〔六九〕　冄說文尸也闕　走疾趨也　族樂變也漢書聲有節族蘇林讀通作奏　⿰足奏蹋也○⿰奏刂才候切博雅斷也一曰細切文四　楱鑷楱杷鐵齒也　⿰足聚醉行皃　驟疾馳○鬪丁候〔七〇〕切說文遇也又姓俗作鬪〔七二〕非是文十八　鬥說文兩士相對兵杖〔七一〕在後象門之形　斣〔七二〕物等也　鄧〔七三〕郖地名在弘〔七四〕農或作郖　⿰言豎⿰女豎埤倉⿰言豎譳不能言也或从女亦作⿰言豆⿰女豆　⿰豕尾〔七五〕尾星名　噣咮喙〔七六〕注

〔八〇〕弘

口也或作咮喙注〔七七〕　⿰阝豆⿰阝豆〔七八〕峻也或从豆　襡衣袖　餖飣也○透⿺走秀他候切說文跳也過也或从走文十三　⿺走殳⿰足殳自投也或从足　⿰音豆⿰欠豆喑啞相與語唾而不受也或作⿰欠豆喑啞　愉苟也鄭司農曰民不愉　⿱艹⿰豆豈博雅好也　逗止也　綉吳俗謂緜一片　⿱林豆地名在高陵○豆大透切說文古食肉器也古作⿱豆皿〔七九〕或从木从竹文三十五　⿱豆皿梪荳　祖祭福　⿰食豆餖飣也或从殳　脰⿰革豆說文項也亦作⿰革豆　逗投說文止也或作投　酘字林重醖也通作投　⿱豆殳遙擊也　毭博雅毾毭也　鞁說文車鞁具也　郖地名在弘〔八〇〕農縣　浢水名在河東　竇說文空也亦姓　窬鑿垣為戶　瀆⿰氵窬水也或作⿰氵窬　荳荳蔻藥艸

〔八一〕䜐　〔八二〕陷

〔八三〕鐝

〔八五〕刻

〔八七〕瘖

〔八八〕鄃

讀嘖誦書也周禮鄭司農讀〔八一〕火絕之徐邈讀或从口　⿰忄豆誑也　牏築墻短版　⿰酉俞說文稽酴也　⿱宀豆陷〔八二〕也　⿰犭豆犬吠　渝水名〔八三〕　⿰扌豆四剬曰拒　⿰魚豆魚名　瀆句讀宋地名　鍽鐝鍽鐵生衣　⿰女豆短嬬不能言也　○屚郎豆切說文屋穿水下也从雨在尸下尸者屋也文二十　漏說文以銅受水刻節晝夜百節〔八五〕一曰泄也　⿷匚丙說文側逃也一曰箕屬　陃說文阸〔八六〕陝也　鏤說文剛鐵可以刻鏤引夏書梁州貢鏤一曰釜也　鍽鐝也　剅剅劆細切　膢膢賑貪財　瘻說文頸腫也一曰久創〔八七〕　蔏蔏蘆藥艸〔八八〕　蔄埤倉姓也　螻內痳　嶁岣嶁謂之衡山　䱾博雅䱾䱾王瓜也　鄃地名　踾踾也　䡱䡱䡱四夷舞　僂僂佝短醜　謱謱詬暴怒　歔

〔八九〕數　〔九〇〕搆

〔九一〕染　〔九二〕彀

〔九三〕擩

〔九四〕系

〔二〕已

〔四〕伸　〔五〕祁

〔六〕斡

數〔八九〕歎小兒凶惡　○槈鎒耨乃豆切說文薅器也或从金从耒文十三　擩搆擩〔九〇〕不解事　檽搆檽木名皮可染〔九一〕　譳詎譳不能言也　䰭說文鬼䰭聲䰭䰭不止也　彀〔九二〕博雅乳生也　獳怒犬兒　猱獿類詩無教猱升木沈重讀　擩〔九三〕博雅拄也　嗕羌別種漢有呼速〔九四〕系嗕　嬬女字

五十一〔一〕

○幼伊謬切說文少也文四　柚橘屬　鴢鴢頭鵁鳥名似凫　蚴方言燕趙謂蠭小者曰蚴蚗　○䡂已〔二〕幼切車軫上斡〔三〕文二　椆木名　○踿輕幼切趴踿行不正也文二　螑趴螑龍申〔四〕　○趴初〔五〕幼切趴踿行不正文四　玨玉器　赳赳螑龍申頭行兒　䡂軨上斡〔六〕也　○赳古幼切赳

螑龍申頸行皃文四　傪　癡行傪傪一曰且也　劓　折鼻也　叫　聲也莊子叫者譹者
郟象讀　○螑　火幼切赳螑龍申頸行皃文一
五十二○沁　七鴆切說文水出上黨羊頭山東南入河文十五　吢㗑　犬吐
或作㗑亦書作吣　篸　墨漬筆也或作杺[二]　㓹　剋也　𤵸　痛也　㤨　艸木
萎死　杺𢪃　[三]插也或从心　鈊　利也　濅沁　冷氣或从心　伈　恐[五]也　𧯜
鼓也　○浸湛　子鴆切漬也或作湛文十五　𢭏𣀔[四]　擊也或从攴　濅　說文
水出魏郡[六]武安東北入呼沱水　葠蕿　喪藉艸也或作蕿　祲　說文精氣感祥引春秋傳
見赤黑之祲　梫　爾雅梫木桂葉似枇杷而大白華　𦟛　脣闕謂之𦟛　𥟉　錐也

[二]杺　[三]插　[四]敲　[六]沱

𨿅　漢中名雞　𢭏　深掘也　鋟　刻傷也　浸　冷氣　○枕　職任切卧
首據物也文三　針鍼[七]　縫也刺[八]也或从葴　○甚邑　時鴆切過也古作邑文八　葚
說文桑實也　瘎　復病曰瘎　顉[九]侺　頼頪俯首或作侺　霠　雨皃　顛　顛顛
頭皃一曰弱也　○妊姙　如鴆切說文孕也或作姙文廿四　任　克也　栠　說文
弱也　衽袵　衣衿也或从任亦書作袵　䇮　[一〇]卧蓆也通作衽　紝絍　說文機縷也或
从任亦書作紝　鵀　戴鵀鳥名　飪　孰也　恁　思也　賃　以財雇物　壬　佞也
○滲　所禁切說文下漉也文八　瘮　病也　罧槮𦌴　積柴水中以取魚或作槮
𦌴　滲　寒皃　突　深浻俗謂深黑為窨突一曰瘞[一一]也關中謂瘞柩為突　沁　水名　○

[七]鍼葴　[八]刺　[九]頪　[一〇]卧席　[一一]瘞

【一二】兒　【一三】剌　【一四】𠬪　【一五】疑　【一七】彤

讖楚譖切說文驗也文一○譖側禁切說文愬[一二]也文三顬頭[一三]俯也僭數也○揕知鴆切擊也一曰刺也史記持匕首揕之文七[一四]鈂重也殳下擊㪡敜廣[一五]雅耕也一曰臿[一六]屬或作敜湛漬也㦧癡也○闖丑禁切說文馬出門皃文四覫覫私[一七]出頭視也从彤或省彤吳楚謂船行曰彤○鴆雉直禁切說文毒鳥也一名運日或从隹文七沈湛没也或作湛酖瓜名⿱艹沈⿱艹冘艸名或省○臨力鴆切哭也文六箖博雅翳也菻拂菻西域胡名淋以水沃也⿰木頁⿰頁臨⿰木頁頟俯首或作⿰頁臨○賃任女禁切說文庸也或作任文二○禁居廕切說文吉凶之忌也一曰制也蔡邕說天子所居曰禁又姓文七僸

【一九】染　【二〇】梣　【二一】捉　【二二】也

北夷之樂⿰木禁方言格也謂今竹木格一曰所以扞門紟單被⿰糸禁[二〇]青色陶隱居說藍染[一九]⿰糸禁碧所用齽鉤齒內曲謂之齽⿱林大按[二〇]樽○⿰牛今⿰舌今⿰齒今巨禁切說文牛舌病也或从舌从齒文二十六靲鞮帶也束物章也噤齽說文口閉也或从齒⿰禁力用力也扲擒提[二一]也或从禽澿寒皃忴⿰忄禁心堅固[二二]或从禁紟⿰糸金被也一曰佩紟或从金衿⿰衣金衣系或从金坅石地懍心怯也笒竹籤也鈙⿰手禁持也或作⿰手禁⿰舟禁⿰舟今蜀人謂舟或从今⿰足禁坐也⿰禁欠闕人名漢有劉⿰禁欠妗俗謂舅母曰妗○蔭⿱艹音於禁切說文艸陰地或作⿱艹音文十七廕庇也通作蔭癊⿰月陰⿸疒今字林心病或作⿰月陰亦省⿰酉音醷氣

窨說文地室也　稽禾苗茂美也　喑噾方言啼極無聲齊宋之間謂之喑或作噾　⿰飠音⿰飠音呃不平聲　飲歠也一曰度聲曰歠　[二三]陰瘞藏也禮陰爲野土　噫

氣出皃　隌闇也　瘖痛劇也　○[二四]稟逋鴆切受也文一　○瀋鴟禁切置水於器文一　○深式禁切度深曰深文五　諗字林念也　[二五]瞫低目視　嫸志下也　⿸广罙廞⿸广罙屋深　○搇丘禁切按也文二　顉顉⿰口頁首動　○

吟[二六]宜禁切長詠也文二　⿰口頁顉⿰口頁首動　○⿰言感火禁切⿰言感許怒言文四　歛[三〇]猛意謂物新美者意嚮之　愖愖[二七]愖心不正　衙衙衙暗行皃　○許[二八]干禁切誠許怒言文一　○鐔尋浸切刀本文二　蕈桑葜　○鼣[二九]淫沁切鼠名文一

[二三]陰　瘞

[二四]稟

[二五]瞫

[二六]宜

[二八]干

[二九]淫

○穁岑譖切禾欲秀文一　○⿰宷力思沁切⿰宷力勬用力文一

五十三　○勘苦紺切校也文二十二　[二]⿰血臽⿱殸血⿰血甚⿰血敢說文羊血凝也或从贛省亦从甚从敢　[三]蹈[四]鼓味厚　⿰鹵甚味厚也　轗轗輡轗軻車行不平一曰不得志或省亦作輡　竷竷擊鼓也或从夊　磡碪硆巖崖之下或作碪硆　埳埳坷不平　坎堪險岸或从勘　餡⿱炎食味過甘也或作⿱炎食　凵張口皃　䫲食不飽也　○憾感胡紺切恨也或省[五]文十五　琀含說文送死口中玉也通作含　唅博雅唅也一曰哺也　淦[六]泥皃　⿰月臽⿰糸臽食肉不猒也或从炎　蜭蛤毒蟲名或从含　莟禾欲秀皃　顑顲顑頭面不平　顲臨火气也　⿱甚䖵蟲名食桑食爪

[二]⿰血臽　⿱血凝

[三]蹈

[四]鼓

[五]戒省

[六]水和泥也

〔一〇〕揚

〔一二〕六

〔一三〕鐘

者 晗目深皃 ○ 頗頗呼紺切不飽而面黃也或作顑文十 鹹食不飽也

戇愚也 貽〔一一〕貽貪財也一曰戲之 苷艸名 蜬蟲名食桑食瓜者 脂

食肉不猒 酣飲酒未旣 顑臨火气也 ○ 紺古〔一〇〕暗切說文帛深青揚赤色文十七〔一二〕

灨水名一曰邑名在豫章通作淦 蘵艸名薏苡也 髻髮青紺色 甘土之

味 佄僋佄無儀 潤水大至也 黚博雅黑也 淦汵說文水入船中也一

曰泥也或作汵 嵗嵐嵗山名 詌口閉 鵮鳥聲 醻酒味淫也 贑贑榆

縣名在東海 揞掩也 ○ 暗晻烏紺切說文日無光也或从奄通作闇文十 醃

藏葅 闇說文閉門也 䤲〔一三〕鐘聲小也 喑喑醷聚氣皃 潤水大至也

〔一三〕掩 〔一四〕也 〔一五〕紺

〔一六〕惵

〔一七〕謲

〔一九〕沝

〔二一〕井

揞掩也〔一三〕 諳諳背誦或作諳 ○ 傝五紺切傝傝不自安也文二 鬛

首骨高皃 ○ 俕蘇紺切僋俕老無宜適一曰癡皃文三 穎搖首皃 惵〔一六〕懍惵

憂慼也 ○ 〔一七〕謲七紺切相怒使也一曰伺也文十 參傪篸鼓曲也後漢禰衡爲

漁陽參撾或从人从食 瞫田隴相聯也〔一八〕 慘憂慼也 驂騑也 鍚鋤也 嗲

聲也 䃴䃴礳電光也 ○ 篸蠶撍作紺切綴也或作蠶撍文三 ○ 馱丁紺

切馬睡皃文十二〔一九〕 酖頑劣皃 篏竹名 㽔多也 眈眈䏔短醜皃 頷

頷䫲頭皃 沝沝沝水聲 鳩〔二〇〕鴿鳹鳥名〔二一〕或从冬从井 煩煩頟癡皃 忱

冠俯前也 ○ 僋他紺切僋俕老無宜適也一曰癡皃文十三 撢探說文探也或作

[三三]紺　[三四]䑖　[三五]磩

探䐺食美也憛憟博雅思也一曰憛悇憂惑也一曰惶遽也一曰禍福未定意或
作憟諳競言𠈼𠈼傝不自安一曰無恥也澹淦浮皃或从貪[三二]黮黮闇
不明皃貪多欲也丙無光一曰舌出皃○醰[三三]徒紺切說文酒味苦也文
十五䐺食美也一曰䑙䐺肥皃曋博雅曋甘也瞫下視也贉賧
儃物預授直也或从僉潭沒也䪞䑖羊凝[三四]血也或作䑖磹[三五]磩磹電光霮
久雨也糟糟糂滓也一曰淖糜撢探取也潭擊水聲醰酒味淫也
○顑郎紺切面色黃皃文三僋僋俕癡皃灆水浮謂之灆○姏
莫紺切女老稱文一○妠媣奴紺切女字一曰取也入也或作媣文七婻美皃一曰

[三六]發　[三七]○　[三八]毋　[三九]款　[四十]予

小肥[三六]䩭柔革䭕餡也腤腤膻肥皃搯魚食皃○韐[三八]其闇切竹
發也[三七]文一摲組紺切舉也文一○婡辱紺切淮南呼毋一曰媞也文一
五十四○闞苦濫切說文望也一曰邑名在魯又姓文十四瞰矙𥌯視也
或从闞从嚴噉喊嚂呵也亦从感从監鹼味苦也䖔說文虓屬一曰
怒也瞰日出皃韽韽擊鼓也或从殳嵌岸歌峻監地名在東平郡
○憨下瞰切愚也文四譀誌說文誕也一曰調也或从忘㺂犬聲○
[四十]歛呼監切博雅欲也[三九]子也文十二灆瓜葅也䖔說文虓屬一曰虎怒皃憨
愚也譀誌博雅調也或从忘㺂犬吠𧢚䍐大盎或从缶頷頷頷

凝兒 脂 食肉不猒 ⿱甚虫 蟲名食桑食爪者 ○⿰鹵臽[四] 古暫切⿰鹵臽鹽無味文六 ⿰鹵敢

鹹 味過鹹或从咸通作⿰鹵臽 橄 橄欖果也 澉 味薄也 鉛 鑪屬 ○三

蘇暫切參之也論語三思而後行文四 ⿰巾三 衣敝兒 傪 傪傪行兒 鬖 長毛兒

○暫 昨濫切說文不久也通作蹔[五]文五 鏨 說文小鑿也 ⿱暫食 無味也 趝

說文進也 蹔 疾進也 ○擔 檐 ⿱詹言 都濫切負也或从木亦作甔文六 甔

儋 罌也或作儋 癚 癡兒 ○憺 惔 倓 徒濫切動也漢書威稜憺乎鄰國一曰安也或从炎从人文十七

啗 餤 嚪 噉 說文食也或作餤嚪噉 腅 博雅肉也

一曰相飯[六]也 啖 誑也噍也 淡 薄味也 澹 說文水搖也一曰澹林東胡名 ⿱雨湛

[五] 擔

[六] 飯

黮 雲兒靆謂之霮䨵或作黮 衉 羊血凝也 ⿱竹淡 竹名 諂 字林競言也 郯[七]

國名 ○賧 倓 吐濫切夷人以財贖罪也或作倓文十二 睒 候視也 ⿰虫炎 蚺蜬

獸吐舌兒 ⿰鹵監 ⿰鹵炎 ⿰鹵臽鹽無味也或从炎 澉 味薄也 ⿱穴淡 ⿱穴監⿱穴淡深穴 貼 候視

埮 壏埮地平而長 舑 舕 譫詌[八]吐舌兒或从炎 ○濫 灠 盧瞰切說文氾也一

曰濡土[九]及下也引詩觱沸濫泉一曰清也或作灠文十七 ⿰忄監 貪也 ⿰女監 ⿰女覽 說文過差也引

論語小人窮斯⿰女監[一〇]矣或从覽 醶 說文泛齊行酒也 嚂 貪也一曰食兒[一一] 纜 維舟

絙 ⿰刂監 廣[一二]雅利[一三]刀也 爁 火行也 ⿱穴監 ⿱穴監⿱穴淡深穴 壏 壏埮地平而長 藍

⿱艹濫 酸葅或从濫 欖 橄欖果名 ⿱髟監 ⿱髟監鬖長毛 ⿰貝監 ⿰貝監貼貪財也 ○鑑

[七] 蚺

[八] 舑

[九] 上

[一二] 䫙

[一三] 「刀」

〔二一〕閻

〔二二〕掞

〔二三〕石

〔二四〕㛪

濫鑒⿱監瓦覽胡暫切陶器如甀大口以盛冰周禮春始治鑑或从水亦作鑒覽文五⿰食兼
餅中肉○涔仕濫切窪也文一○⿰監瓦乂濫切瓦器文二⿰奄瓦罌也容一石
五十五○豔艷閻〔二一〕以贍切說文好而長也从豐豐大也引春秋傳美而豔隸作艷或作閻文一十
爓焰炎錟爁火光或作焰炎錟爁炶火行也焱
焱焱火盛皃掞𢷾〔二二〕掞舒也或从焱鹽以鹽漬物一曰歆豔之也禮流示之禽而鹽諸
利灩激灩水動皃擔假也禮記擔主瞻曬也淡水皃淫巳東
有淫預召〔二三〕通作灩⿰炎攴以手散物㛪〔二四〕女字○厭猒懕於豔切足也或省亦
作懕文十⿰禾厭禾不實也⿰示厭禳祭饜飫也通作猒猒壓伏也酓酒盈

量也嬮女字一曰嬮嫢美皃愝〔二五〕快也○⿰忄弇於贍切快也文十九俺博雅
愛也一曰忘也⿰禾奄稻不實俺犬〔二六〕也⿰木奄⿰木奄檝木名奄精氣閉藏也周禮奄
人劉昌宗讀厭服也弇鍾形中央寬也周禮〔二八〕弇聲鬱劉昌宗讀掩綩繅〔二七〕絲
以手振出緒也或从糸通作淹⿰言奄〔二九〕方〔三〇〕言誣諳與也猶阿與也一曰挐也匿也謗也言輕也裺
方言裺謂之襦一曰緣也一曰衣寬皃淹沒也⿰女奄說文誣挐也一曰女字⿰奄隹
殗裺袷汙觸也或作殗裺袷腌歛羽○塹壍七豔切說文阬也一
曰大也或作壍〔三一〕塹文五槧牘樸嫢嬮嫢美皃○潛慈豔切藏也一曰伏流文
二瞎閉目思也一曰憂也○韱子豔切韱瞰不慊也文四漸漸如〔三二〕溼皃⿱雨斬

〔二六〕大

〔二七〕緣

〔三〇〕挐

〔三二〕洳

小雨䃸面皰○閃舒贍切闚頭也文九㣿佔㣿〔一五〕行皃煔炶㷊說文火行也或作炶㷊掞㨨舒也一曰疾動或从閃苫茨屋也睒視遠〔一六〕皃

○襜幨裧昌豔切披衣也或从巾从炎文十二𩏂韉也通作襜幨韂馬障泥也壏蔽也㶣屋檐耑版也𨆸馬急行也闔視皃𨼽陷也䀡竊視也𤵸皮起皃

○占章豔切固有也文五佔佔㣿行皃壏蔽也霑小雨瞻視也

○贍饍儋澹時豔切賙也或从食从人亦作澹文八𢕬遹行速皃或从辵嶦山阪擔假也禮記擔主

○染而豔切漬色也文四㲯沾也譫字林言多不盡髯須也

○覘貼敕豔切說文窺也引

〔一四〕皃　〔一五〕㣿　〔一六〕速

春秋傳公使覘之或从目文三〔一〕剳刻使薄也

五十六○栝栖㮇他念切說文炊竈不〔二〕或从西从忝〔四〕文十五西囟說文古〔三〕皃古作囟亦作䑙舑𠧪一曰席也無光也竹上皮也炶炶火行也或从占添和〔五〕益也忝辱也菾艸木長茂皃〔六〕𨺅亭名在京兆蚦蚦蝬獸吐舌皃

○店都念切停物舍也文二十三頕垂首也坫說文屏也一曰反爵亢圭處點郭璞曰以筆滅字爲點通作沾玷沾水出上黨壺口關一曰縣名在樂平痁瘧病鉆說文缺也謂器之缺刮說文缺也引詩白圭之刮墊埝阽說文隘〔七〕也引春秋傳墊隘或作埝阽䨱霵說文寒也一曰早霜而寒謂之䨱或

〔二〕木　〔三〕舌　〔四〕舑　〔五〕味　〔六〕阩　〔七〕隘

〔八〕目　〔九〕歁　〔一〇〕傾　〔一一〕胋　〔一二〕䆎禾　〔一四〕淰

从士　⿰女占女兒　⿱耂占說文老人面如點也　貼耳〔八〕垂兒〔九〕　殿⿱殿心唸⿰念欠殿屎
呻吟也或作殿唸⿰念欠　玷玉病　⿱穴執墊說文屋順〔一〇〕下也一曰厭也或从土　○磹
徒念切⿰石韱磹電光文七　菧楮也通作磹　⿰彳覃⿰彳韱⿰彳覃行兒　⿸尸占所以止動也　腍〔一一〕
博雅美也　簟說文竹席也　驔驪馬黃脊　○稴歷店切稴纖〔一二〕木不實兒一曰稻
不黏者文三　⿰兼瓜瓜子　⿰兼少小也　○〔一三〕念念奴店切說文常思也又姓古作念文
七　⿰糸念引舟縄也　⿱竹念⿱竹⿰糸念竹索或从⿰糸念　棯木名棗屬　〔一四〕⿱淰酉消也　○兼
⿰秉秉吉念切并也古作⿰秉秉文七　⿰骨兼瘦兒　⿰魚臽魚名　⿰魚兼魚名　⿰舟兼舟名　⿰走念
俯首疾行　○傔詰念切侍從也文四　鰜魚名大〔一五〕而青　歉說文歉食不滿也

〔一六〕僭朁　〔二一〕漿　〔二七〕刺　〔二八〕己　〔三〇〕瀲

⿱竹兼籠也　○䤔酓於念切苦也或作酓文二　○⿰石韱先念切⿰石韱磹電光文三
⿰彳韱⿰彳覃⿰彳韱行兒　䆎稴䆎禾不實兒　○僭〔一六〕朁子念切說文假也古作朁文四　譖
不信也通作僭　⿰目朁〔一七〕閉目思也一曰憂也
五十七　○驗〔一九〕魚窆切說文馬名也文十二　醶〔二〇〕釅說文酢漿〔二一〕也或从嚴　噞
字林噞喁魚〔二二〕口出水皃　譣⿰方僉〔二三〕博雅證也或作⿰方僉通作驗　嚴酷也〔二四〕　伒俺伒凝也
⿰氵嚴寒也　⿰齒兼⿰齒嚴齒差也或从嚴　鹼說文鹵也　○窆⿱穴朋封陂驗切說
文葬下棺也引周禮及窆執斧或作⿱穴朋封〔二五〕文五　砭⿰石巳說文以石刺〔二七〕病也或从巳〔二八〕　○黏
女驗切黏也文一　○歛〔二九〕力驗切聚也文十二　殮衣死也　瀲泛歛〔三〇〕波也　⿱雨斂

小雨也　爁爁焱火延　瞼市先入直謂之瞼　獫長喙[一三]犬名　檢棯檢木也　葉可爲飲　蘞艸名似栝樓[一四]　爦火也　澰博雅清也　羷羊角三觠曰羷　○脅虛欠切迫[一三]也文六　搚引從也　嬆好皃　熁火乾也　𧽲走皃　歛祓胡[一四]　○欠[一五]㲃[一六]𣢟去劒切說文張口气悟也从人上出之形一曰不足也古作㲃或从𣣆文七　闞小開户也　鈫[一八]厓間也　瓰陶器小瓶有耳者　笂竹名　○瓰[一九]巨欠切陶器或書作瓴文一　○劒劍居欠切說文人所帶兵也或从刀俗作釰非是文三　薟藥艸[二〇]俗呼蜀夜于治喉病　○獫力劒切爾雅犬長喙名文一　○僉[二一]七劒切皆也文一　○痭式劒切皮破文二　閃闚頭也

[一三]迫　[一四]栊　[一六]㲃　[一七]作　[一八]鈫　[二〇]干

陷第五十八　○陷埳乎韽切說文高下也一曰㣍也或从土文十七　䶃怒齒也　臽欿說文小阱也或从穴　㸍犬聲　錎連鐶也　鮥說文魚名　胎說文食肉不猒也　焰[一二]魚名山海經留水多焰父[一三]之魚其狀如鮒而彘身　豏餅中豆　𩟗膁鎌[一五]𦢊餅中肉或从肉从食从監　碣石名　溓沈物水中使冷　○歉[一六]口陷切博雅貧也一曰食不滿文五　瞰目陷皃　虤[一七]虎怒皃　𣀤[一八]物相值合　䫡顩面長　○䫡公陷切䫡顩面長文四　緘棺旁所以繫[一九]緘者　減咸損去也史記減仲之産又姓亦省　○韽䶣於陷切下聲也或从龠文五　猎竇中犬聲　滔[二一]滔滔水淖一曰没也　揞弃也吳俗云　○𤢴午陷切兩犬爭一曰犬吠不止

[一二]鮥　[一三]彘　[一四]鎌　[一八]𣀤　[一九]縴　[二一]滔

集韻校本

〔一三〕沮　〔一四〕賺

〔一五〕謙廉　〔一六〕謏

文一○蘸莊陷切說文以物没水也文七覱覱僋高危獑獸名蘸沼蘸
湴皃斬芟也霺不雨瓺布瓦於屋也○鮎陟陷切鹹也文五站
佔久立也或从人䶢齧齒也沮江岸地名○賺直陷切廣雅賣也一
曰市物失實文三詀謙被誑也或从兼○諵尼賺切諵謏私詈文二䨲
雨淖也○鑑力陷切鑑䫡頭長文一○巖五陷切巉巖齒皃文二顄
頼顩面長

五十九○𧢽鑑胡懺切博雅覽坎覽也可以盛冰或从金文五𩔣沈物
水中使冷也𣞑𣞑櫃也或省亦書作檻○儖許鑒切覽儖高危也文六譀

〔一七〕小　〔一八〕明　〔一九〕作　〔二〇〕刈　〔二一〕纔　〔二二〕叉　〔二三〕嘗

誕也獥犬吠聲一曰鄉名闞獸怒聲㰹叫也憨怒也○鑑
居懺切說文大盆也一曰鑑諸可以取水於月或書作鑒文六監譼臨也古作譼𥌳
視也通作監𠞰博雅利也濫沈物水中使冷也○黬乙鑒切忘而息也文
一○埿湴薄鑑切泥淖也或从湴文三𦡒膚肉疎皃○覱子鑒切覱
僋高危皃文三𩈁長面霺小雨○釤所鑒切大鎌也文七彡暫見
𢒃相接物也一曰利也剼刈也㺑犬毛槮接檐也纔雀頭色
○懺讖叉鑑切悔也或从言文十三儳儳互不齊也𨼜陷也䶢
嚚也瓺坦倉乾瓦屋也摲投也芟也或書作擊獥犬吠聲嚵嘗食貼

竊視鑯貪食𤻮病也蠘行皃○鑱仕懺切銳也文二十𩏠韉也

𩯔髮長皃蹝行皃纔染帛雀頭色㺗犬容頭進巉牛角皃𪖜

齺齺齒皃𩑶巉巉頭長[一三]𩟦大盆以盛潘者[一四]欃字林水門也或作艬[一六]攙

完補也一曰傍掣艬舟名儳陷也[一五]讒譖也鶱鵰屬儳輕賤皃一

曰儳互不齊也一曰暫也撕投板偃水曰撕涔涔[一七]涯○儳才鑒切暫也周禮鏨[一八]

人掌斂儳布徐邈讀一曰輕賤皃文一○儳蒼鑒切暫也文一

六十○梵扶泛切[一九]西域種號出浮圖書文六帆舟慢也通作颿颿博雅

颿颿走也一曰馬疾馳𦨴瓦也訉多言仉相輕薄皃○泛孚梵切說

[一七]堰　[一八]厓　[一九]廛

[二〇]圖

文浮也文十三汎說文浮皃[二]氾說文濫也仉相輕薄皃妅好皃温

𠘯鍐釩博雅盞盌杯也[二]芝艸浮水皃帆楊也杜預曰拔

施投衡上使不帆風差輕或作𠘯鍐釩颿中庸聲春秋傳颿颿乎徐邈讀𡶡山名○芆[四]亡梵

切博雅[五]也艸[六]木蕪蔓也文一

集韻卷之八

楝亭藏本丙戌九月重刊于揚州使院

[二]温　[三]揚

[四]芆

[五]葳　[六]彪